快樂讀出英語力

用英文兒童讀物開啟孩子的知識大門

洪瑞霞（Lois Hung）——著

推薦序

尋找與書的共鳴

Jill Su

這些年在英文書出版與零售之間打滾，總看到一些家長為了孩子的英文學習進度苦惱著。我的觀察告訴我，家庭教育的一個盲點在於沒有共鳴。怎麼說呢？很多家長把學英文當成是為了孩子將來鋪路的考量。

然而，閱讀是種習慣，不管哪個語言，習慣養成了，就是一件很自然的事情。看過有家長反映特地帶孩子到書店去，希望用環境的感染力激發孩子學習看書的意願，但是，家長本身沒有閱讀的習慣，如何要求孩子培養出這方面的興趣呢？這樣的雙重標準比比皆是。

也遇過很謙虛的家長，覺得自己英文不夠好，希望孩子能夠比自己更強。怕孩子輸在起跑點，我倒覺得輸的不是幾歲才開始學英文這檔事，而是起跑點那個薰染的環境。不過，我也看過好些很有心的家長，因為跟著孩子一起閱讀，一頭栽進圖畫書的繽紛世界，成了閱讀最佳代言人，更不吝透過社群網站分享自己的心路歷程，成了其他爸媽學習的典範。許多成功的例子不只是孩子進步，而是家長與孩子一起暢泳書海的雙贏局面。

英文書種類繁多，是有各種需求的家庭都能夠用上的好工具。嬰兒時期用布書，洗澡時有洗澡書，牙牙學語的孩子用硬頁書，流口水也不怕書爛掉。英文發音不好怎麼辦，有聲書可以幫你解決問題。有書教你怎麼綁鞋帶，有的教你生活作息，有些讓你認識親情、友情，帶你面對情緒管理，有些故事讓人感動落淚。精彩的故事所具有的魔力，大人小孩都沒法抗拒。《Guess How Much I Love You》裡的大小兔子對彼此表達愛意的對話，讓人真想緊緊擁抱所愛的人。無字書經典《The Snowman》，想像力和友情是多麼豐富啊！《The Stinky Cheeseman and Other Fairly Stupid Tales》顛覆童話的寫作功力，完全撼動我對童話的制式觀感。太多好書講 10 天也說不完！

十分推薦沒有閱讀習慣的家長跟著孩子從閱讀圖畫書開始，別說沒時間，因為只有幾十頁，很快可以讀完，而且字少圖多，非常有成就感。看完之後還可以跟孩子交流讀後心得，或者反過來讓孩子講故事給你聽。這不正是家長夢寐以求的親子優質時光嗎？

本文作者旅居美國紐約，在出版社擔任亞洲業務經理，老公是地道的美國人。
一天 24 小時都在英文環境裡打轉，
到現在每天都還是覺得有學不完的英文，樂在其中。

推薦序

專業推薦，必屬佳作

張美蘭（小熊媽）

知名的禮筑外文書店的創辦人終於寫了書，我想這對許多父母是個最棒的禮物。

由美返台定居後，我在師範大學〈創新思考教育計畫〉的課程中，也為全國國小到高中老師，開了英語繪本的教學應用、實際導讀課程。此課程也特別開放部分名額給家長旁聽，獲得很多的回響。

在4年的開課期間，我深深體會到：分齡的英語書單，真的是老師與家長最需要的資訊！書海浩闊，兒童的中文書都讀不完了，更何況是幫孩子選適當的英文讀物？

這些老師與家長來選修的目的，一部分是為了教學需要，但更多人是為了自己的孩子：為了讓講故事時間，能讓孩子聽些好的繪本，同時學習英語。我才了解：許多家長是很想跟孩子講英語繪本的！但是他們除了有資源上的限制，也有資訊上不足的限制。

此外，每個孩子對書本的胃口不同（這是我在誠品書店工作後的深切體認），家長在採買外文書前，若也能先獲得相關知識，就可以決定：這本書孩子會不會有興趣？有沒有採購的價值？

瑞霞在她的書中，根據多年經營外文書店的功力，為孩子們推薦了分齡的英語讀物，這一直都是台灣市場所缺乏並熱切需要的書單！所以我說：

這對許多父母是個最棒的禮物！

但我覺得書中更棒的，應該是她有點出一些特殊主題閱讀，如經典童話與衍生作品、尋找類的遊戲書（這一直都是我家 3 個男孩的最愛！）、文字遊戲書等……還有根據書店經營的經驗，她也提出了關於書單的迷思，以及哪裡買英語童書比較好？哪些不要買比較好？並加上選購英語童書的一些基本常識，對於也曾在書店工作過的我而言，十分能體會她的看法……這些寶貴的建議，對父母而言將是重要的買書指點，讓人少跑一些冤枉路、少花一些冤枉錢！

相信這本好書的出現，能讓更多孩子在學習英語的路上，有更多樂趣、打開更豐盛的語文世界！

本文作者著有《小熊媽的無國界創意教養》。

推薦序

持續閱讀，儲備未來英語力

陳怡光

我們家是個台灣爸爸和波蘭媽媽組成的國際家庭，3 個孩子都沒去學校，由我們跟教育局申請「非學校型態實驗教育」在家自學。雖然我和太太之間是用英語交談，但我們家大人在日常生活中是不跟孩子說英語，唯一的英語環境就是媽媽從他們幼兒期起就讀英文繪本給他們聽。

由於我們自學，許多教材都得自己準備，因此每年都會拖著空登機箱去逛台北國際書展，找看看有沒有合適的中外教材，買到箱子裝不下才回家。在台灣要找合適的英文童書不是一件容易的事，直到有一年我在書展禮筑的攤位上碰到 Lois，才發現她是我失散多年中央大學英文系的學姊，從此之後要找英文書找她就沒問題啦！

我們家的媽媽 Dorota 是英文自然發音法的閱讀治療師，我們家的 3 個小孩都是從 Martin and Carle 的繪本《Brown Bear, Brown Bear, What Do You See?》開始學聽英語跟讀英文。這本書是我們老大明秀 17 年前在美國西雅圖出生時買的，之後傳給老二明哲到現在老三明玲，經過了這麼多年的搬家和蹂躪，狀況還是非常好，還是繼續帶給孩子許多歡樂和學習。

明秀因為在學齡前曾住過美國和英國，所以可能小時候的環境對她多少有點幫助。但是明哲是在台灣出生長大，我們又從不曾跟他用英語對話，一開始也不知道這樣的一直讀、一直讀、一直讀給孩子們聽到底有沒有用啊？一直到明哲 9 歲我們全家在日本滑雪時，突然發現他居然能和跟我們一起 long stay 的澳洲家庭小孩以英語溝通無礙！那時候我們才知道，原來這些年 Dorota 持之以恆讓明哲沉浸在英文讀本的環境中，對培養他的英語聽說能力是真的有效！

近年來，由於國中教育會考和大學入學考試都加考英語聽力測驗，且從 2015 年起英聽將成為計分科目之一，坊間有許多英文補習班都磨刀霍霍向家長的荷包，搞得家長們十分焦慮。其實孩子只要從幼兒期開始聽父母親讀英文書或在聽有聲書的環境長大，自然就不會排斥英文，甚至會養成閱讀英文書籍的習慣。家長只要持續幫孩子準備他喜歡讀的英文書，等到要考國中會考或大學入學考試中心高中英語聽力測驗時，基本上就是水到渠成，無需再特別準備英聽考試就能游刃有餘。

不信？你試個幾年就知道了。

本文作者與 Dorota 合著《我家就是國際學校》。
另 Dorota 的部落格有許多關於英文學習的經驗分享：
http://ourbabelschool.blogspot.tw/

推薦序

打造自己的英文書牆，與孩子一起愛上閱讀

譚光磊

1998 年，我上台北念大學，那時網路才剛開始普及，沒有部落格、智慧型手機，也沒有電子書，許多資訊仍得仰賴平面媒體或實體通路，所以我和 BBS 上的奇幻小說同好常常「湊單」跟國外訂書，就在朋友輾轉介紹之下，認識了禮筑外文書店的老闆娘 Lois。當時她在新莊租了一個小小的工作室，頭一回拿書，我和朋友傻傻的搭計程車從台大殺過去，車錢跳表差點跳到我們心臟病發作。之後我們陸續訂了不少書，有時還勞煩 Lois 在師大教法文的丈夫 Alex 開車送貨。

2000 年，Lois 告訴我她在金華街物色了一個兩層店面，要擴大規模專營外文童書。我順口問道：「有沒有可能設立一個奇幻／科幻小說的專櫃，讓我來管理？」沒想到她一口就答應了。當時我只是個大二學生，做過一點翻譯，和出版社合作選過一些書，此外沒有任何圖書出版經驗，憑的只有自己對書和對奇幻文學的滿腔熱血。我（兼職）的「書店人生」從此開始，直到 2005 年我決定全心投入版權代理工作而結束專櫃為止。

我沒有學到太多生意經，因為我總是把剛賺到的少少的錢再拿進去買新書，而且還要兼顧學業和手上其他的工作，但是我對英美出版體系的認知，對外文圖書進口和銷售流程的理解，都是在禮筑養成的。我學會從 ISBN 判斷是哪一家出版社的書，釐清大集團下各個分支千絲萬縷的關係，還常在進貨的時候扮演「壯丁」的角色，幫忙把一箱箱新書扛上樓。每到台北國際書展，我們更是全員出動，從事前打包、布展上架、顧攤結帳，樣樣都來，大家每天輪流去世貿外面吹冷風吃便當，累得半死，可是當

天閉館收拾好，擠進 Lois 和 Alex 的小車開回店裡的時候，卻依然覺得幸福而滿足。一直支撐著我們的，除了禮筑人彼此的革命情感，就是對書和對閱讀的熱愛。

禮筑的客人多半是帶小孩的媽媽（偶爾也有爸爸），都希望孩子從小能養成英文閱讀的習慣，背後的潛台詞可能是英文好才有國際競爭力，將來較有機會容易出人頭地等等。但是這些用心良苦的家長在擔憂下一代「不愛看書」的同時，有沒有問「自己」愛不愛看書？家裡有沒有營造出一個能讓孩子優游探索的愛書環境，有沒有充滿未知和驚奇的「一座書牆」？因為那才是讓下一代「耳濡目染」養成閱讀習慣最好的方法。

假如爸媽自己沒有閱讀習慣，家裡也沒有書牆，又希望孩子能夠在愛書的同時學好英語，那麼 Lois 這本《快樂讀出英語力》可說是最好的教戰手冊。短短 208 頁，裡面可是十幾年來經營外文童書店所累積的智慧精華。最重要的是，Lois 從「快樂閱讀」的角度出發，依照不同年齡提出精準而有效的閱（悅）讀建議，讓每一個家長都能從零開始、按圖索驥，打造屬於自己的書牆和愛書天地。

以前每回書店進貨，看到我與高采烈拆開一箱箱原文奇幻和科幻小說，以及各種很宅的紙上遊戲手冊，Lois 總會說：「你哪天也來研究一下童書吧。」我搖頭說沒啥興趣，她就露出一種過來人的狡黠笑容：「等你自己當了爸爸，就會有興趣了。」我雖然尚未為人父，但我非常期待那一天的來臨，屆時想必也會以《快樂讀出英語力》為參考依據，為孩子打造一面不一樣的英文書牆。

本文作者為光磊國際版權經紀人。

前言

學好英文，從「悅讀」開始

開外文書店並不是我的「夢想」，但開店之後的連續 16 年，書店卻常常成為我的「夢魘」。獨立書店的經營存在很多的困難，箇中辛苦很難為外人所想像。但總是有一股強大正向的力量，支持我克服種種困難，讓我覺得開這樣的書店所獲得的一切好處，遠遠超過我所付出與損失的部分，而這股神奇的力量，就來自於大量的英文童書閱讀與分享。

國外進口書籍一般都是買斷的，也就是選錯書就不能退，身為採購者必須下點功夫，不然很容易慘賠。一方面自己愛看書，另一方面當然也怕慘賠，於是幾乎每一本訂進來的書我都會翻閱。不知不覺中，10 多年來，我竟然瀏覽了幾萬本童書，而我的老大（今年 15 歲），也跟著我看了數量龐大的原文書籍。

不要以為童書就是兒童看的書，簡單而幼稚。事實上，我常在這些小人看的書中，得到很多知識、學到很多方法、找到很多人生哲理，也獲得面對挫折的勇氣。而在跟孩子們分享這些書的互動中，也讓我更瞭解孩子的個性、情緒以及喜好。透過閱讀，親子間也養成了討論與對話的溝通模式。原本不在我期盼中的獲益範疇，竟是孩子因大量閱讀而取得的英文能力。

我大概在孩子小三時，透過玩文字接龍，就發現他有驚人的單字量，但我卻從沒看過他在背單字。而小四時，他也跟書店其他的小客人一樣，開始看中長篇原文小說。小孩放暑假，因為沒有人能幫忙看顧，我常帶著他一起上班。只要塞一本小說給他，他就能看上好幾小時，看完一本，又根據書後的推薦，主動再去書店找另一本。他看得高興，我也能好好工作！原來，小孩愛閱讀，還可幫家長省掉不少上安親班的費用。

我家孩子絕對不是個案！因為書店開得夠久，才能觀察到有英文閱讀習慣小孩的共同成長軌跡，也才有機會看到孩子 0~12 歲的階段閱讀特點與家長面臨的問題。

本書雖以「頂級英文能力」為切入點，但真正想倡導的並不是「把英文當母語學習」，而是引導父母用好的英文童書出版品，幫孩子養成英文閱讀的習慣。這是一種不預設學習目標的接觸英文方式，以「快樂」做為最大的考量，而孩子從中得到的種種正面價值，也不只有語言能力。

有一本圖畫繪本，書名是《Dog Loves Book》（作者：Louise Yates），描述一隻愛書的小狗，因為太愛書了，於是開了書店。雖然他充分準備卻沒有顧客上門，好不容易等到客人，竟然只是來問路！但狗狗最後遇到愛書的小女孩，馬上知道要介紹什麼書。書末的語句這樣寫著：「Dog loves books, but most of all…he loves to share them!」這句話非常確切的描述了我的心境！書店的生意或許不會長久，但從經營書店過程中所體會到的「英文閱讀」與「親子共讀」的種種優點，一定要在此與讀者分享！

Lois Hung

Contents

Chapter 3 大人小孩一起歡樂讀！：英文閱讀第二階段 4~8 歲

Chapter 4 自信邁向自我閱讀！：英文閱讀第三階段 9~12 歲

Chapter 1

好英文靠閱讀

遇見英文小怪傑！

16 年前剛在新莊開書店，藏書不多，以代訂原文書為主要業務。才開幕不久，就遇到一位大量訂購原文小說的大一學生，當時對他的閱讀量感到驚訝，猜想英文程度應該很棒。

果然，不久之後，這位譚光磊先生送我一本他寫的書，書名是《英文小怪傑》（註 1）。書中描述他國高中玩電腦遊戲、魔法牌，以及閱讀原文小說，讓他得以優秀的英文能力，沒出過國卻能保送台大外文系。

10 多年後的今天，他仍然以優秀的英文能力為根基，從事國際版權交易工作，創下很多紀錄，是目前出版業界公認的奇葩。

2 年後，書店搬到台北市大安區的金華街，改以進口童書為主要業務，開幕不久，就遇到《哈利波特》中文版與電影上市，當時有很多國小學童與家長來找《哈利波特》的原文小說。

發現有那麼多小客人可以看懂如《哈利波特》的原文小說，心中難免驚訝，心想這些人應該是個案吧？《哈利波特》不是要念到大學才看得懂？可能這些小孩從國外回來？念台北美國學校？念私立雙語學校？

但後來發現，有的小孩的確有特殊背景，但也有些人只是念一般公立小學，沒有出過國，而家長也謙虛的表示，沒有特別補習。原來在台灣有這麼多「英文小怪傑」，小小年紀，閱讀能力幾乎與國外同年齡小孩一樣。

當然，進一步與家長交談，也發現這批「小怪傑」，幾乎是校內外各種大小英文比賽的常勝軍，有的可以用英文創作，有的代表台灣出國競賽，也得到頭獎的殊榮。

養成英文閱讀習慣不是夢

10 多年來，這些擁有頂級英文能力的小怪傑，一直也沒減少過。或許每個人的學校、家庭背景、個人特質都不同，但唯一相同的，卻都是擁有「英文閱讀」的良好習慣。

台灣家長普遍重視小孩英文能力的培養，接觸英文的年紀也越來越低，市面上提供的方法也非常的多樣。有的家長買昂貴的套書，有的猛聽英文 CD，有的拚命做習題考英文檢定，有的聽英文廣播，有的看動畫電影……等等。

雖然都強調「快樂學美語」，但我總感覺，小孩好像不是真的那麼快樂。因為我看過太多真正快樂讀英文的小孩的目光與神情（註 2），那是不用家長威脅利誘，不用刻意提醒，不用照表操課，小孩就會自動自發的學習行為。

基本上，這些孩子也不知道自己在學習，因為從事「英文閱讀」是一種娛樂與享受，在閱讀的過程，獲得了知識、豐富了想像力、提升了創造力、培養了美感鑑賞力……最後順便學習了英文。

所謂「英文閱讀」，重點在於「閱讀」。一旦有了閱讀習慣，前面的語言可以是中文，也可以是法文，或是其他語言。

中文閱讀在國內有很多專家學者推廣，有的地區新生兒去做戶政登記，就能領到一袋資料，其中也包括鼓勵閱讀手冊。在台灣，閱讀的推廣是受各方專業人士肯定的，並且鼓勵家長從孩子嬰幼兒時期就開始著手。

但英文並非我們的母語，「英文閱讀」在台灣是可行的嗎？

事實上，20年前或許不可能，因為想閱讀也沒書可讀，但20年後的今天，在眾多書商早已平價引進各類原文出版品，在書店與圖書館都能輕易取得。在網路發達、科技進步、電子商業模式高度發展的台灣，想取得英文書來閱讀，實在是很容易的事。因此，從幼兒時期開始進行英文閱讀，絕對是可行的。

閱讀習慣從幼兒時期開始培養

很少人一大早去逛書店，但我就遇過這麼個客人。書店還沒開門就等在門口，迫不及待想進門看書。對方一進書店便迅速拿了好幾本書，臉上卻不見挖到寶的欣喜，相反的卻是一臉愁容。

原來這位媽媽是奉女之命，前來挑書自己看，然後幫國小五年級的女兒寫心得報告交給老師。我問她為何不試著讓女兒自己來挑喜歡的書，或許她會有興趣自己完成該交的作業。

她苦笑著回答：「我之前來跟你買了很多書，也帶她來過書店，但她就是不喜歡英文，不喜歡看書，我有什麼辦法！」

這話有點打擊到負責選書的我。但仔細一想，問題不在選書，而是在於這個小朋友沒能早一點接觸到有趣的英文書籍，刺激她願意自動去翻書，進而養成良好的閱讀習慣。

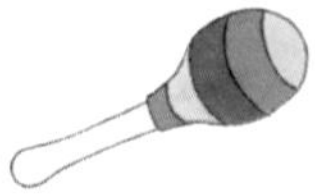

曾經有一位記者來訪問我，當時我 7 個月大的兒子剛好在身旁，大人隨手拿了一本童書逗弄他，竟然引起小寶寶興奮的舞動手足。我記得那篇訪問寫著：「書店主人有個看到書就會手舞足蹈的兒子。」好像我的小孩是天賦異秉！

事實上，我在書店做過實驗，當客人推著娃娃車進來，只要拿本色彩鮮豔的硬頁書或圖畫書，小寶寶就會像我的小孩一樣舞動手足，甚至還有寶寶會大笑大叫的，非常有趣！屢試不爽！（當然偶爾也有例外啦！）也看過很多小小孩，一進門就興奮的喊叫，爸媽怎樣也無法讓他放下手上的書！

對於很多家長常掛在嘴邊的一句話：「我的小孩就是不愛看書啦！」，我常常感到很困惑。經驗告訴我小寶寶與小小孩天生與書是親近的，長大不愛看書到底是怎麼回事？

由於國內幼兒教育漸受重視，童書的出版量越來越大，有些設計給嬰幼兒看的書，連大人都愛收藏。而國外原本就重視童書的出版，再加上市場大（全世界英語系或非英語系國家都是潛在市場），每年的出版量更是驚人。

我們傳統上以為書就是長得四四方方的觀念，真要徹底被顛覆了！各式幼幼書，有著各種形狀、各種大小、各種功能，上面雖爬滿了英文字，但小孩就是喜歡，根本不在意上面印的是哪國文字。

建議家長可以把小朋友的書跟玩具固定擺放在同一地方，每天在遊戲時間把玩具跟書拿出來，而玩完後就立即歸回原位。久而久之，小朋友很容易在沒有壓力的情況下養成看書的習慣。

隨著孩子年紀增長，家長可以適時增加圖書區的藏書，慢慢的換成圖畫繪本，之後進階到讀本（橋梁書），主動閱讀的習慣也會慢慢養成。

親子共讀，大人小孩都受益

但幼兒閱讀習慣的養成，還有一個很重要的環節，那就是父母的角色。很抱歉，不是給一堆新奇玩具書，小孩就會喜歡，就會自動去閱讀。重要的是父母必須陪同，一起共讀。

其實，小孩喜歡的是父母的陪伴，書只是互動的媒介之一，孩子會把對爸媽的好感轉移到書本上！當然，很多書本身就很有吸引力，但有爸媽共讀，即使平凡的書也能吸引孩子的注意。

所以在推廣閱讀的同時，要一起推廣的是「親子共讀」，尤其英文書，更需要父母的幫忙。但爸媽不要認為這是份苦差事，很多家長都會承認，自己小時候沒有太多好看的書籍，藉著陪小孩閱讀有趣的出版品，自己也會感到滿足與快樂！

有親子共讀經驗的家長會告訴你，當孩子要求再讀一次、再講一次時，那種瞬間的幸福感與成就感，真是難以言喻！

運用與培養「猜的能力」，輕鬆累積字彙量

「英文學習」與「英文閱讀」，是完全不同的兩件事。英文學習仰賴學校與老師，而英文閱讀習慣則需要家長從小幫忙培養。

英文學習，需要的是教材，地點是教室，遇到不懂的字，需要老師的解說或詳查字典。英文閱讀則是挑選有興趣的書籍，不一定要有老師，可以在任何舒服的角落進行，遇到不懂的單字，可從上下文去猜，可以從插圖去猜，只要不影響主要劇情，跳過去也無不可，閱讀的順暢度，不會因為一、兩個單字而中斷。

幼兒有很棒的「猜」的能力。這種能力常被訓練，長大後可以應用在各種領域。舉例來說，書店常舉辦英文故事時間，故事老師拿著圖畫繪本，配合肢體動作，全程使用英文講演。有幾次，報名年齡層分布得比較廣，同時有 4~5 歲左右與國小中高年級小朋友參加。

在聽故事時，我發現小小孩雖然有時分心，但感覺聽得津津有味；而大小孩卻幾度不安的想離開現場，這現象讓我覺得很有趣。照理說，大小

孩英文比較好，認識的字比較多，穩定性比較高，怎麼會沒有耐心聽完整個故事？

在安撫幾個大小孩時，小孩告訴我，他們不想聽是因為他們「聽不懂」！原來，大小孩只要有一、兩個字聽不懂，思緒就會卡住，無法繼續聽完故事。而小小孩的世界，生活周遭實在有太多聽不懂的對話（中、英文都一樣），於是他們會用與生俱來的能力去「猜」，而猜不到也沒關係，感受到「氣氛」還是可以哈哈大笑，認真參與，怡然自得。

此外，「快樂」最重要！閱讀與聽故事，都應該是讓人愉悅的！聽故事因為幾個字不懂就聽不下去，感覺很掃興！閱讀如果因為幾個單字不瞭解，就停下來查字典，斷斷續續，看看停停，也抹煞了應有的樂趣！

不要小看小孩「猜」的能力，很多還不識字的小孩看圖畫書，都可從圖像線索猜中故事情節；看英文圖畫書，也可以猜中書名與書中重要英文單字的字意。而這樣猜得的單字，因為跟喜愛的插畫、角色、情節連結在一起，也比較難忘記。

專家常說，英文程度取決於字彙量多寡。坊間各種記憶英文單字的方法，如字根、字首、字尾拆解法；如諧音記憶法「夾不死踢可死」＝ Chopsticks 等，對兒童來說，恐怕都不及「閱讀猜字法」來得有效。

雖然生活中很多領域都需要非常高的準確度與零失誤率，但童年生活，我仍然覺得快樂、放鬆、自在的成長是比較重要的。英文閱讀習慣的培養過程，讓孩子欣賞到作品、滿足到興趣，在無壓力、不費力的狀況下，「猜」中很多英文單字，增強英文語感，同時也提升了英文能力。

認識童書，踏出閱讀第一步

一般對英文童書的刻板印象，以為英文教材就是英文童書。的確，台灣英文童書的市場確實以教材為大宗。各式英文教材，有文法本、習作本、發音本、經典故事改寫本、短篇故事閱讀本等等，這類統稱 ELT（English Language Learning）書籍，不是我們要討論的範疇。

教材外的童書出版，基本上並不是專為非母語國家學習英文所設計，屬於作者的自由創作，用字遣詞有絕對的自由，想像力可以無限寬廣，設計可以有絕對的創意。這類英文童書的出版，已經有110年以上的歷史（註3）。

完整的出版鏈，從 0 歲幼幼書至青少年小說，都不難找到優秀作品來幫助小朋友培養閱讀習慣。其中的出版大類簡列如下，這些出版大類與適讀年齡，有著密不可分的關係。

出版品類別	類別簡介	適讀年齡階段	重要獎項
有聲品	寶寶 CD、童謠、韻文、故事有聲書	1、2	
硬頁書	加厚印刷，不易撕壞。翻開一頁，後一頁會自動翹起，鼓勵寶寶翻頁	1、2	
翻翻書	硬頁翻翻書、平裝翻翻書。書頁中另藏 1 至多個小翻頁	1、2	
操作書	書中含有翻、拉、轉、按、壓、觸摸、立體設計等特殊功能	1、2	
圖畫繪本	各式圖畫故事書	1、2、3	凱迪克獎（註 4）、凱特·格林威獎（註 5）
橋梁書	英文讀本、章節書、系列小說等，用以銜接圖像閱讀到全文字閱讀的書種	2、3	
青少年小說	經典小說、著名作者、電影衍生小說、得獎作品	3	紐伯瑞獎（註 6）
非文學類	科學、數學、人物傳記	3	

* 適讀年齡階段 1：0~3 歲；階段 2：4~8 歲；階段 3：9~12 歲。

瞭解處於不同階段孩子的閱讀需求，認識國外出版品的類別與性質，從中找出適合孩子閱讀的書籍，將可幫孩子輕鬆養成英文閱讀的習慣！

註 1：譚光磊（1999）。英文小怪傑。台北市：幼獅文化。

註 2：有一次接受公共電視採訪，電視台來書店拍攝小朋友在店內看書的畫面，事後寄來一卷錄影帶。我在觀看帶子時感動不已，原來小朋友們在翻看喜歡的書籍時，神情是那麼的專注、眼神是那麼明亮、笑容是那麼燦爛！這才是快樂的讀英文！

註 3：舉例來說，大家熟悉的彼得兔故事《The Tale of Peter Rabbit》，由 Beatrix Potter 女士創作，Frederick Warne & Co. 於 1902 出版，至今已經有 112 年的時間呢！

註 4：凱迪克獎（The Caldecott Medal）於 1938 年成立，以英國傑出的童書插畫家魯道夫．凱迪克（Randolph Caldecott）為名設立。每年由美國圖書館協會從上一年美國出版的數萬本童書中，選出 1 名首獎和 3 名傑作，並頒發獎章。凡是得獎作品，封面上都貼有 Caldecott 先生的著名插畫「騎馬的約翰」獎牌貼紙，金色為首獎，銀色為傑作。凱迪克大獎代表童書界的至高榮譽，可謂圖畫書的「奧斯卡」獎。也是第一個獎勵插圖畫家作品的獎項。（資料來源：文化部兒童文化館網站 http://children.moc.gov.tw/award/intro.php?id=A001）

註 5：英國格林威大獎是由圖書館協會（The Library Association）於 1955 年為兒童繪本創立的獎項，主要是為了紀念 19 世紀偉大的童書插畫家凱特．格林威女士（Kate Greenaway）所創設。英國格林威獎設有「格林威大獎」、「最佳推薦獎」和「榮譽獎」，雖然是英國兒童繪本的最高榮譽，但得獎者卻不僅限於英國國籍的插畫家，除鼓勵英國本土的創作人才之外，亦不忘兼顧國際性，這也使得格林威獎在挾其歷史性權威之餘，氣勢格局愈加宏偉磅礡。英國格林威大獎的遴選標準嚴苛，不僅講求藝術品質，整本書在閱讀上也要求能賞心悅目。（資料來源：文化部兒童文化館網站 http://children.moc.gov.tw/award/intro.php?id=A002）

註 6：美國紐伯瑞獎（The Newbery Medal for Best Children's Book）創設於 1922 年，由當時的兒童書商梅爾契爾（Frederic Melcher）建議美國圖書館學會（American Library Association）為紀念 18 世紀的英國書商約翰・紐伯瑞（John Newbery）而設置。美國紐伯瑞獎歷史悠久，對美國和世界的兒童文學都有極大的影響。綜觀美國紐伯瑞獎所有得獎作品，無論是何種類型或題材，這個已經舉辦了 80 多年的文學獎，評審重視的是文本，至於書籍本身的插圖、美術設計及紙張品質皆為次要的標準。也由於這個文學獎對文字的重視，美國紐伯瑞獎一直是全球青少年兒童學習閱讀、寫作的最佳參考指標，凡獲紐伯瑞獎的書籍，皆被列入少年必讀之書籍。（資料來源：文化部兒童文化館網站 http://children.moc.gov.tw/award/intro.php?id=A010）

Chapter 2

就是要孩子愛上英文閱讀！
英文閱讀第一階段 0~3 歲

小孩 3 歲以前還不太能用言語表達自己的意見，這階段幼兒的特色是，給他唸什麼書、看什麼圖片、使用哪國文字語言，孩子幾乎照單全收，在這個階段幫幼兒培養閱讀習慣，幾乎都能夠獲得正面回應。

建議家長在嬰兒出生 0~4 個月之間，以聽的出版品為主，可以聽輕柔音樂、搖籃曲、各國童謠、韻文、故事聲音檔等等。4 個月以後，嬰兒脖子已經硬挺、視力發展也趨成熟，就能開始在他眼前給予彩色圖片的刺激。

小 Baby 其實都很捧場，只要用彩色圖片在眼前晃來晃去，通常都能引發笑聲與反應。家長可以拿一些圖案鮮明的硬頁書，一邊翻一邊講，有翻書的動作，也要發出聲音，讓寶寶感受到大人的存在與熱情。精明幹練的家長，工作疲累之餘，往往也不知跟孩子說些什麼，有書的內容可參考，互動起來就簡單多了。

6 個月後，小 Baby 即可坐立，這時家長除了講給寶寶聽外，也可多給寶寶一些小小硬頁書，讓他自己練習翻書看圖片。

1 歲半以後，家長可嘗試使用「硬頁翻翻書」，互動方式即是把小孩抱在腿上，手拿書把小孩包起來，選用的書籍可以是簡單的找找書，循著故事內容，大人翻大書頁，小孩翻書中的小翻頁，有節奏的一起完成故事閱讀。

2 歲後，隨著小手指的靈活度日漸增強，即可開始一起閱讀非硬頁的圖畫書。這時小孩對書中圖片可能會有比較強烈的喜好與反應，也會適時表達意見並與家長有言語的互動。

然而，以上敘述純屬理想狀態，小孩總不免會有無法預期的突發狀況！而日理萬機的大人們，恐怕也沒有體力與耐力配合。這時要教家長幾個小撇步，讓這階段閱讀習慣養成只許成功、不許失敗！

書牆理論

曾經看過一份報導，美國內華達大學研究了 27 個國家，73,000 名學生就讀時間長短後發現，來自於家中有藏書的學生，大學畢業的比率比家中沒有藏書的孩子多出 20%。

該份報告也推論不管國家的經濟條件、政治制度或文化如何，「閱讀與教育之間緊密相連」，而且從小養成閱讀習慣，的確是往後發展的基礎。

有趣的是，這份研究，只有提及家中藏書多寡，並沒有說一定要看過這些書。難道藏書多，就能多少影響小孩的閱讀習慣？這倒是間接的支持了我的「書牆理論」。

在書店工作，其實有一種壓力，如果將來自己的小孩不愛看書，那會不會是眾人的笑柄？加上書店推廣「閱讀」與「親子共讀」，經營者也應該身體力行才是。

所以在老大 0 歲時，就常常利用時間讀故事，拿書當媒材，進行各種親子互動，對職業婦女來說，這過程真是辛苦。所幸，老大從被動聽故事、一起看故事到獨立閱讀，一階段一階段過去，果然，他已經養成自主閱讀的習慣。

妹妹與哥哥相差 8 歲。我在工作上更為忙碌，體力也大不如前，不知不覺中，對唸故事這檔事，竟是力不從心，不自覺的想要省略！沒想到，老二竟然比老大同年齡時期更愛看書、更愛翻書，真是「天公仔」嗎？家長不努力，竟然能有收穫！

常常 1 歲的妹妹比自己早起，睡夢中，矇矇眼看見小小身影坐在角落，翻著書，哼哼嚷嚷的對著書上的圖案指指點點，模樣真是可愛，且每天同一時間都會上演同樣的戲碼！

但這究竟是如何培養來的？我發現，原來「書牆」竟可以如此輕鬆愉快的培養孩子的翻書閱讀習慣！

在書店工作，家中最多的就是書囉！累積哥哥 8 年的購書，家中早就有一區一區的「書牆」，1 歲、身高 75 公分的妹妹，視力所及看到的都是書，手長所及拿到的也是書，但這些進口幼幼書長得奇形怪狀，在妹妹的眼中，不一定被歸納成同一屬性的「書」。

但相同的是，書都有硬頁處理，鼓勵小手手翻頁，每翻一頁，對寶寶來說，就是一個新驚奇、新世界！管她看不看得懂圖、看不看得懂字，翻頁讓她有成就感，翻頁讓她覺得好玩，翻頁讓她進入神奇的想像世界！（偷偷告訴讀者，有了高超的翻頁技巧，小孩竟然沒有撕破過書。）

翻書能讓幼兒訓練手部肌肉，看圖片也能豐富幼兒的視覺與想像力，小小年紀已然對翻書產生習慣與興趣，加上大人的導引，培養真正的閱讀習慣應是輕鬆容易！

曾經有客人跟我們說，他的 2 歲多小孩都會自己在小房間的角落看書，有時一、兩個小時也不會出來向大人吵鬧。

客人說了算，雖然我們是半信半疑，還一度懷疑搞不好小孩有點自閉！好動的年紀哪可能這樣乖乖看書？如今想來，當初那位客人描述的家中狀況，似乎也有一區一區的書牆，無疑也印證了「書牆」有助培養幼兒閱讀的理論。

寫到這裡，或許父母要跳出來抗議：「哈！你就是要大家花錢買書才這麼說吧！」（咧嘴奸笑中……）但書其實可以請親朋好友送、可以到圖書館借、可以買便宜的二手書，要有一座包圍身高 75 公分的小孩的書牆，並不是件難以辦到的事！

玩具書與人物書的應用

有了「書牆」卻仍然無法讓小孩喜歡閱讀，那可怎麼辦？別慌張，還有終極絕招可以應用！那就是先選擇一些特殊的出版品，如立體書、房子書、酷炫操作書、貼紙書等。

有些 360 度展開效果的立體書，華麗的場景加上可操作的人物，猶如進入奇幻世界！立體書是一種 0~99 歲都無法抗拒的書種，家長應多多利用這類書籍，讓孩子對英文書籍產生好感。房子書等於是提供扮家家酒的場景，對幼兒來說也有獨特的魅力。

而國外多功能貼紙書的設計，不單單是讓孩子一個蘿蔔一個坑的把貼紙貼上，而是設計不同的主題故事場景，配上重複使用的貼紙，讓孩子邊貼邊創造自己的故事。有一些貼紙書則是把一些基本認知概念，隱藏在貼貼紙的活動中，孩子只知道自己在玩貼紙，但事實上也是在看書。

另外，國外出版社還常把一些知名的卡通人物，套印在學齡前的童書中，比如有湯瑪仕的硬頁書、翻翻書、貼紙書、尋找書等，或是迪士尼人物的衍生書籍，還有海綿寶寶、Dora、奇先生妙小姐等等書籍，藉由小朋友對這些卡通人物的喜愛，更強化孩子願意接觸與閱讀的動力。

英美這些類別的出版品，真的是琳瑯滿目，種類非常的多。比較之下，在印刷成本高、量拉不大的局限下，國內這類的中文出版品，相對的選擇性不多。

閱讀習慣從小培養起，0~3 歲的閱讀，印在書上的文字其實沒有很重要，這些英文版的新奇書，相對的也可以用來幫助幼兒養成中文的閱讀習慣呢！

適合 0~3 歲閱讀選書

適合閱讀第一階段的書種有：寶寶 CD、硬頁書、翻翻書、操作書、圖畫繪本，我將在每個書種下舉例介紹。

● 寶寶 CD

專家學者普遍認為，音樂對幼兒的語言與身心發展有很大的助益。對於寶寶來說，最好的音樂莫過於媽媽發出的聲音，媽媽抱著孩子拍拍背、哼唱催眠曲，自古以來就是最溫馨動人的畫面。

只是現代忙碌的媽媽們常累得唱不出溫柔的歌曲，或是歌喉不好的媽媽也怕寶寶聽了做惡夢！哈！所幸市面上有很多好的兒童音樂可供選擇，親子一起聽，連大人都愛聽！

有文字歌詞的兒童音樂略分為幾種形式：搖籃曲、韻文唸謠、手指謠、兒歌等。「搖籃曲」安定寶寶心神，幫助睡眠；「韻文唸謠」透過重複與押韻的語句，幫助小孩掌握發音與語言學習；「手指謠」鼓勵親子關係，幫助手眼協調；不同主題的「兒歌」，貼近孩子的生活，幫助孩子有愉悅的心情。

這些音樂搭配歌詞，也都是一種早期的閱讀。

家長挑選寶寶音樂，希望不要太貪小便宜，也不要支持盜版。製作成本低廉的兒歌，幾乎把各式兒歌唸謠套用在同樣的背景編曲中，聽久了，好像每首都是一樣的調調，小心變成疲勞轟炸。

童謠韻文，不是有得聽就好，還是要精選品牌與製作團隊。以下 3 款寶寶音樂各有特色，是相當不錯的選擇。

註：
書中介紹書籍之封面與內頁，皆為經過國外版權人同意授權使用。無法取得授權之書籍封面則以 QR Code 取代，讀者亦可上各大網路書店建入原文書名查詢。

Book 1 （寶寶 CD）

CD 名稱——Professor Parrot's Sound Beginnings
出版社——Sound Beginnings
ISBN——9781885278104
出版年分——2007

1 — 2 — 3 — 4 — 5 — 6 — App 1 — App 2

根據美國華盛頓大學 Dr. Patricia Kuhl 研究指出，每個嬰兒都是小小語言學家，在 6 個月前的嬰兒能分辨出極細微的音素差異，但這種語言能力會隨著年紀漸長而慢慢消失。

嬰兒在最初 6 個月大正在發展音調記憶時，如經常讓他聽不同國家的語言，對將來學習多國語言有很大的助益。Sound Beginnings 是根據這樣的研究發現，特別設計用來幫助家長給予寶寶最適當的刺激。

由於就讀語言學研究所期間，的確看過這樣的研究影片，於是決定引進台灣。Sound Beginnings 內容每 15 分鐘為一段落，演說者以母親般溫柔的音調和寶寶說話，為寶貝介紹每一種語言的字母、數字、童謠韻文，及每一種文化特有的民俗旋律和催眠曲。

第一片 CD 中有西班牙語、法語、德語，和日語。第二片 CD 則含國語、英語、俄語，及希伯來語。父母無需強迫寶寶專心聆聽，可以在睡前、車上，或寶寶遊戲時，當成背景音樂放給寶寶聽即可。

家長小叮嚀

禮筑引進 8 國語言寶寶 CD 已經超過 10 年，其中有父母擔心，聽這麼多語言會不會混淆？

也常見心急父母，懊悔寶寶已經超過 6 個月大，才發現有這樣的 CD，擔心聽了沒有效果？

也有家長有 2 個小孩，在給予 2 個小孩同樣的學習環境下，有聽 CD 的老二竟有著超強的語言能力，使得家長認為聽 Sound Beginnings 可能對老二的多語言能力很有助益。

我則是希望家長放輕鬆，把這 CD 當成一般音樂來聽即可，大人可以聽，小孩也可以，也不需在意哪個年齡層聽效果比較好。好聽的音樂對大人與寶寶皆無害，若將來寶寶語言能力真的不錯，也是意外的收穫。

Book 2（寶寶 CD）

書名——Wee Sing The Best of Wee Sing
作者——Pamela Conn Beall & Susan Hagen Nipp
出版社——Price Stern Sloan
ISBN——9780843121841
出版年分——2007

Wee Sing 是一個超過 35 年的兒童音樂品牌，由 2 位兒童音樂教育家 Pamela Beall 和 Susan Nipp 所創立。Wee Sing 的中心意旨認為透過兒歌、唸謠、韻文、手指謠等等的音樂形式，可幫助幼兒語言發展、促進身體律動與協調度、培養聽覺美感及展現自信，更重要的是擁有愉悅的心情。

30 多年來，Wee Sing 陸續出版了不同主題的兒歌集，有 Wee Sing for Baby、Children's Songs and Fingerplays、Nursery Rhymes and Lullabies、For Christmas、For Halloween、Mother Goose⋯⋯ 等 20 多個主題。在慶祝 25 週年時，還特別出了 The Best of Wee Sing，等於是一張綜合之前出版精髓的精選輯。

每輯的 Wee Sing 都包含 1 本約 64 頁的歌詞本及 1 片 CD。歌詞本中有樂譜，也有配合主題的特別說明，如 Fingerplays 中，即有載明如何比畫 5 隻手指頭來搭配每一句的手指謠。

特別一提的還有 Wee Sing Around the World 專輯中，收錄了 41 個國家具特色的童謠，用英文唱一遍，原來的語言唱一遍。專輯第一首歌包含各種語言問候語，歌詞本中印有世界地圖，遵循著世界地圖，將每個國家的童謠一一介紹給聽眾。

想一次聽到世界各國的童謠嗎？ Wee Sing Around the World 無疑是最佳的選輯。

家長小叮嚀

Wee Sing 系列書目琳瑯滿目，建議家長選擇其中幾種即可，不需全套都收齊喔！

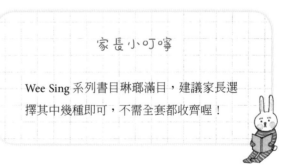

Book 3 （寶寶 CD）

合輯名——孩子的歌
演唱者——Susie Tallman & Friends
唱片公司——Rock Me Baby Records
台灣總代理——留聲唱片有限公司
出版年分——2007

《孩子的歌》內含 5 張音樂 CD，1 片影音 DVD，以及 1 本歌詞本。內容主要為英文兒歌，但也收錄幾首西班牙文與法文童謠。

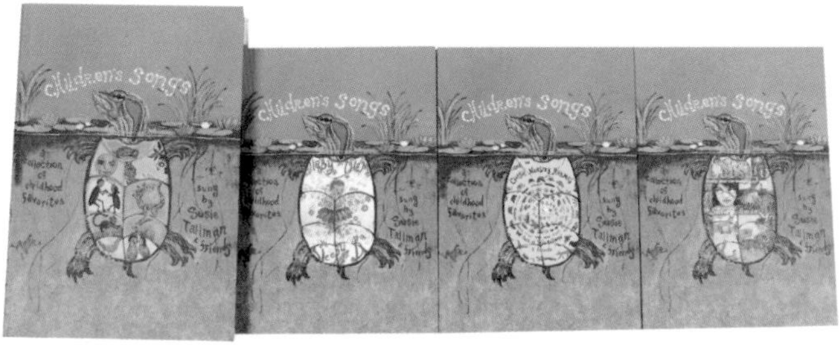

從來沒看過有人為了一套兒歌投注如此多的心力，所有曲子都精心改編，力求活潑趣味、親切溫暖，並且不惜成本動用了鋼琴、小提琴、大提琴、吉他、曼陀鈴、手鼓、各式打擊樂器、口琴、手風琴、管風琴……等大量的真實樂器來演奏，讓音樂聽起來特別生動活潑，完全沒有電腦合成樂的平板呆滯。

主唱 Susie Tallman 是個科班出身、受過嚴謹聲樂訓練的表演者，早期在唱片界工作，據說她的歌聲，常能使周遭吵鬧中的寶寶安靜下來。

在見識到這種神奇音樂魔力的父母朋友們一再鼓勵催促下，Susie 終於創立了自己的唱片公司 Rock Me Baby Records，專門製作最好的兒童專輯。Susie 字正腔圓的唱工搭配孩童真摯清亮的嗓音，使其每張專輯幾乎都獲得美國專業幼教與親子雜誌一致推薦。

《孩子的歌》內含：

CD1：Lullaby Themes for Sleepy Dreams 美夢搖籃曲（含 18 首曲目）。

CD2：Lullabies for Sleepy Eyes 睡眼催眠曲（含 16 首曲目）。

CD3：Classic Nursery Rhymes 經典韻文童謠（含 37 首曲目）。

CD4：Children's Songs, A Collection of Childhood Favorites 最受歡迎的兒歌（含 38 首曲目）。

CD5：Let's Go! Travel, Camp and Car Songs 一同去郊遊（含 26 首曲目）。

DVD：含 23 個音樂劇，由 Susie 與可愛寶寶、幼齡兒童，以及音樂製作團隊一起演出。

歌詞本：含每首歌的原文歌詞以及其中文翻譯。

家長小叮嚀

家長白天可播放 Let's Go, Children's Song 以及 Nursery Rhymes 等節奏比較輕快的 CD，而晚上則播放搖籃曲，或可幫助幼兒睡眠喔！

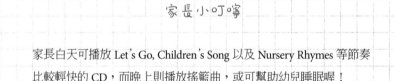

硬頁書

0 歲寶寶，除刺激聽覺的有聲品外，各種設計與主題的硬頁書也是必要之選。顏色鮮豔的硬頁書，可以在寶寶精神好與心情愉悅的狀況下，由父母唸給他聽，或只是在他眼前翻頁也可以。

硬頁書就是硬紙板書，印刷特色在於每一頁都很厚，翻開前一頁，後一頁就會自動翹起，對於尚無法靈活使用 5 根手指頭的 1 歲幼兒來說，有鼓勵翻書的作用。

瀏覽一些研究的文獻，我瞭解硬頁書是個很重要的書種。但由於硬頁書很質樸，沒有酷炫的設計，引進台灣多年，一直不受家長青睞。因不易銷售，就漸漸少進口了。直到生了老二，又想起學理上的推薦，我為自己的小女兒選讀很多硬頁書。

在翻過上百本硬頁書後，我發現小孩後來翻平裝書非常順暢，很少破壞書，也喜歡自己看書。原來遵循專家的意見，還是有些道理的。

Book 4（硬頁書）

書名——Baby Love
作者——Helen Oxenbury
出版社——Little Simon
ISBN——9781416995463
出版年分——2009

Baby Love 內含 4 本小硬頁書。Helen Oxenbury 以圓胖寶寶為主角，描繪出寶寶日常生活的景象：

- Clap Hands：
  寶寶們拍手、跳舞、吃東西、敲鼓吹喇叭，別忘了跟爸媽揮個手！
- All Fall Down：
  寶寶們一起唱歌、轉圈圈、在床上蹦跳，咻～大家都跌坐在床上。
- Tickle, Tickle：
  寶寶玩泥巴、洗澡刷刷刷、梳梳濕頭髮，一起玩搔癢！
- Say Goodnight：
  寶寶玩空中飛、盪鞦韆，爸爸當馬騎，累了進夢鄉。

看似沒什麼特別的硬頁書，仔細觀察畫面，不同膚色的寶寶都喜歡做同樣的事情！有的寶寶很乖，有的寶寶壞壞（偷吃別人的食物，倒牛奶在別人身上），有的寶寶玩到褲子都快掉下來！

週歲的寶寶對書其實不挑，爸媽唸什麼，小孩就聽什麼，小孩喜歡的是父母的陪伴，喜歡聽的是父母的聲音，這 4 本主題書，刺激家長與孩子互動的靈感。

小版本的設計，更能鼓勵小孩翻書，爸媽不在時，小孩可能也會自己拿來翻喔！

家長小叮嚀

家長與孩子互動時，可單純的將略有押韻的文字唸完，或停格讓寶寶觀察書頁，或一起模仿書中寶寶的動作（跳床、臥倒等），或幫書中寶寶命名，看您家寶寶最喜歡哪個小主角！

Book 5（硬頁書）

書名——Hello Baby Gift Set
作者——Roger Priddy
出版社——Priddy Books
ISBN——9780312516413
出版年分——2013

Hello Baby 是獲得 2013 British Book Design and Production Award（英國書籍設計與製作大獎）的系列硬頁書。最好的書籍設計與製作品質，才能獲得這個獎項的肯定。

Hello Baby 是專為幼兒所設計，使用強烈黑白**對比色**、濃亮鮮豔的**彩色**、刺激視覺的**花紋**，以及簡單的**認知字彙**為設計重點。書的主體基本上都是硬頁設計，可切割成特殊圓弧造型，或有挖洞設計，偶爾也會搭配其他能吸引寶寶動手觸摸與搖晃的響聲器。

我所介紹的這個禮物組，特別從該系列選出 4 本具特色的書籍，其中含 1 本布書（註），1 本鏡子硬頁書，1 本固齒玩具書（適合剛長牙的寶寶），1 本弧形挖洞書，鼓勵寶寶做視覺、觸覺與聽覺的探索！

註：
布書與洗澡書也是 3 歲以下寶寶適讀的重要書種，但近年產地多在中國，常造成消費者對品質的疑慮，在此就不多做介紹。

Book 6（硬頁書）

書名——My Little Library
作者——Edouard Manceau
出版社——Twirl
ISBN——9782848019819
出版年分——2014

小小圖書盒中裝有 9 本小硬頁書。以 Kitty 為主角，分別記錄 Kitty 的基本認知與日常家居生活，主題有：認識 Kitty、動物、玩具、洗澡、穿衣、蔬果……等等。可愛圖片搭配簡易單字，每本小書約有 10 頁，尺寸約是 5x5

公分大小，剛好適合寶寶的小手拿來把玩與翻閱。

小巧的硬頁書，可以拿來閱讀、練習翻書，還可以當積木玩疊疊樂。另外，出版社的設計巧思，把書背平放，挪一挪、排一排，正面背面交叉使用，還可以當拼圖玩，創意拼出個人獨特的圖案喔！

家長小叮嚀

這樣的出版品有個小問題，就是小書常一本一本慢慢不見了！建議家長每次跟小朋友讀完，記得要教小朋友讓 Kitty 以及每本小書回家睡覺，除可防止書不見之外，也可幫小朋友養成收納習慣喔！

請參考出版社精彩影音檔：
https://www.youtube.com/watch?v=8WK87ettpQk

Book 7（硬頁書）

書名——Things I Like（硬頁版）
作者——Anthony Browne
出版社——Walker Books
ISBN——9781406321876
出版年分——2009

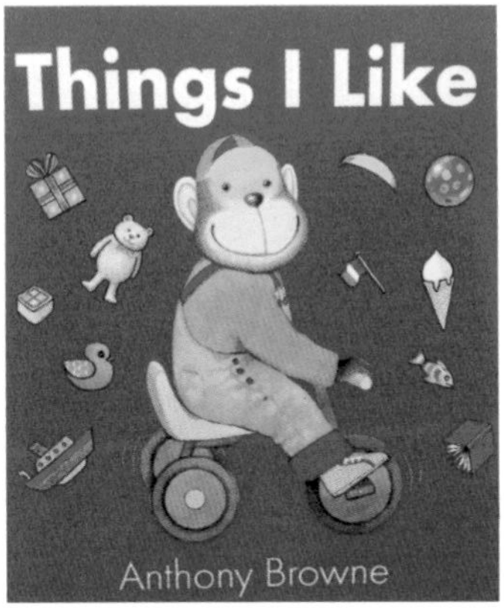

這是我，讓我來告訴你我喜歡做的事有哪些！我喜歡畫畫、騎車車、玩玩具及扮演遊戲。爬樹、踢球、躲貓貓、吊單槓我也喜歡。海灘玩水、堆沙堡、做蛋糕、看電視也是我的最愛；我還喜歡跟朋友一起、參加派對、洗個香噴噴的澡、聽爸爸講晚安故事，還有做好夢、睡好覺喔！

小朋友，你喜歡做什麼呢？

3 歲前的幼兒，對與自身生活相關和周遭看得到的事物最感興趣。這本書以小朋友喜歡做的事為主題，列舉各種活動，一個活動一張圖片，喚起小朋友的記憶，或引發小朋友的好奇，很適合與幼兒共讀。

本書每頁僅有 1 個單字，或 1 句簡單的句子，家長可以直接用英文，以很快的節奏唸完一遍又一遍，有些小朋友就能將這些英文句內化至腦中，自然的在生活中發揮使用喔！

小書探尋寶趣

Anthony Browne 同性質硬頁書尚有：《I Like Books》、《My Dad》、《My Mum》、《How Do You Feel》，都適合拿來跟 0~3 歲小朋友共讀喔！

Book 8 （硬頁書）

書名——My First Library
作者——Eric Carle
出版社——Philomel

ISBN——9780399246661
出版年分——2006

這個書盒內含由 Eric Carle 創作的 4 本硬頁書，主題分別是顏色、數字、形狀與常用字。

有別於一般認知硬頁書只有 1 張圖片對應 1 個單字，作者發揮巧思，玩起配對遊戲。每一書頁都切分成上、下兩部分，舉形狀為例，上半部是圖形（半圓形、三角形等等），下半部則是各種不同形狀的物件，小朋友需上、下、前、後翻頁，才能找到對應的形狀與物件。

又如數字部分，上半部是阿拉伯數字以及相符的數量方塊，下方則是英文單字與同等數量的物件圖案。

對半切分的硬頁書，翻頁更多，除能訓練手部肌肉與翻書技巧，更能藉由配對遊戲，引發小朋友對認知學習的興趣。

家長小叮嚀

這些書適用於 1 歲以上的小朋友，但以翻看圖片為主。這些書因翻頁比較複雜，需要家長幫忙，小朋友才不會翻到生氣喔！而認知學習部分，3 歲以上使用，更能玩出興趣並增強學習成效。

● 翻翻書

翻翻書就是在書頁中，會有小翻頁設計，有的只是插畫背景的一部分，有的則是與故事進行有關。書頁翹起來的地方，很快就能引起幼兒注意，伸手去翻，翻開後的新發現，常能讓幼兒既開懷又滿足。

把幼兒抱在腿上，翻翻書拿在手上，家長一邊唸故事與翻頁，一邊稍微把速度慢下來讓幼兒去翻書中小翻頁，親子一起完成故事的講述，大人小孩都有成就感。

Book 9 （翻翻書）

書名——Dear Zoo
作者——Rod Campbell
出版社——Macmillan Children's Books
ISBN——9780230747722
出版年分——2010

我寫信給動物園，請他們寄一隻寵物給我，結果，他們寄來了一隻……大象！牠太大了，我把牠寄回去。後來，他們寄來了一隻……長頸鹿，牠太高了，我把牠寄回去。再來，他們寄來了一隻……獅子，牠太凶猛了，我也把牠寄回去。

就這樣，一來一往，動物園陸續寄來了駱駝、蛇、猴子，以及青蛙！這些都不是我想要的！動物園的大人該好好想一想，什麼動物才是小朋友最喜歡的寵物呢？

I wrote to the zoo
to send me a pet.
They sent me an...

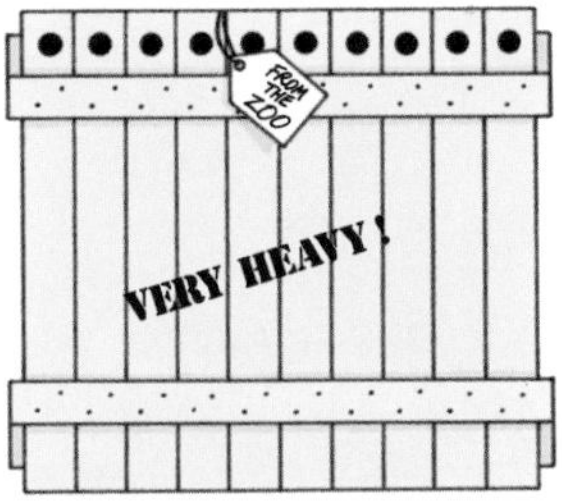

He was too big!
I sent him back.

家長小叮嚀

這本書特別適合 1 歲半左右的小朋友，媽媽把小孩抱在腿上，手持書圍抱寶寶，在講述到寄來一隻〇〇動物時，可稍微拉長聲音，手指著小翻頁向寶寶暗示有機關，當寶寶伸手翻開的瞬間，大人即可說出該動物名稱。

重複的語句與單純的翻頁，大人小孩可一起有節奏的唸完整個故事。

這本書網路上有很多影音檔可參考，在 YouTube 輸入 Dear Zoo，即可參考各種影片示範如何唸文字、如何與孩子互動，還有人編成歌來一搭一唱呢！

Dear Zoo 出版於 1982 年，至今已經 30 多年，屬於經典中的經典，衍生版本與周邊商品也相當多。更多關於 Dear Zoo 的訊息，請參考：http://www.rodcampbell.co.uk/DZ/zoo.html

Book 10 （翻翻書）

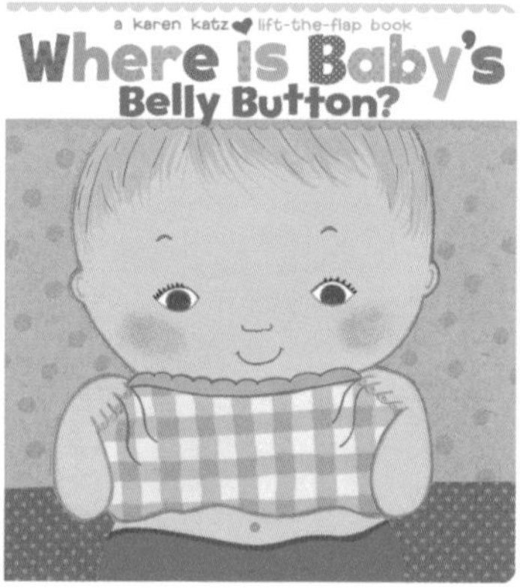

書名——Where Is Baby's Belly Button?
作者——Karen Katz
出版社——Little Simon
ISBN——9780689835605
出版年分——2000

幼兒對自己的身體部位大都感到好奇，0~3 歲的共讀書中，一定要選一本跟五官或身體部位相關的書。《Where Is Baby's Belly Button?》就是不錯的選擇。

寶寶的眼睛在哪裡？在帽子下面！寶寶的嘴巴在哪裡？在杯子後面。寶寶的肚臍在哪裡？在衣服後面……這是一本硬頁翻翻書，透過重複的問句與次頁的小翻頁，讓寶寶認識探索身體的各個部位。

家長小叮嚀

寶寶在尋找身體部位時，講述的大人可以加上「Peeka Boo」的聲音（註），製造情境的驚喜，唸完書也可跟寶寶玩摸眼睛、摸鼻子、摸腳腳，與搔癢癢的親子遊戲，讓共讀更增添樂趣。

這本書如果用英語教學的角度來看，也是很不錯的教材，書中包含「Where Is+ 單數」、「Where Are+ 複數」的句型，以及 under/behind 兩個介系詞的用法，老師可參考並自製教材，還可順便教身體部位。

但跟小孩共讀時就單純唸過去即可，多唸幾次後，幼兒對於某些語言規則（文法），累積了一種所謂的「語感」，對於沒學過文法的小朋友，多唸幾次，還是能選到正確的答案！

註：在玩躲貓貓遊戲時，常說的口頭語就是：「Peeka Boo, I See You.」語意大約是：「在哪裡？找到囉！」

作者 Karen Katz 有一系列寶寶適讀的硬頁與翻翻書，有興趣的讀者可參考作者官網更詳細的介紹：http://www.karenkatz.com/boardnovelty1.html

Book 11 （翻翻書）

書名——What's Everyone Doing?

作者——Polly Dunbar

出版社——Walker Books

ISBN——9781406355864

出版年分——2014

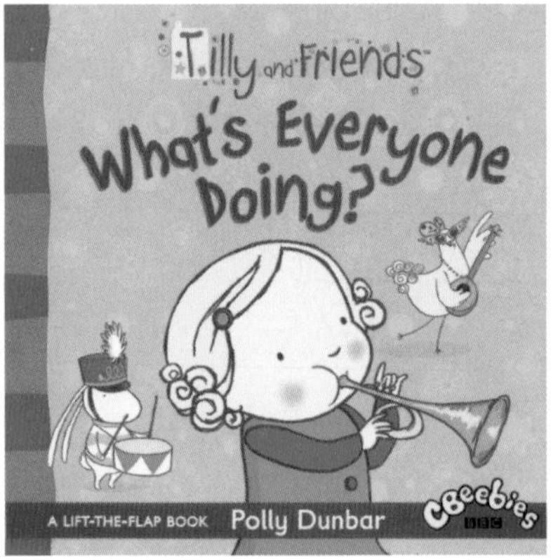

「Tilly，你在做什麼呢？」書頁上有畫架、水罐、畫筆，與顏料。
「我正在畫畫呀！」

小豬 Hector 又在做什麼呢？小讀者可從牛仔帽、徽章，與牛仔靴來猜猜。答對了！翻開小翻頁，小豬 Hector 正在玩牛仔扮演遊戲。

大象 Tumpty 在做什麼？畫面有頭盔、輪鞋與護膝。
沒錯！大象 Tumpty 正在溜冰呢！……

Tilly 共有 5 位好朋友，他們快樂的生活在一起！這本硬頁翻翻書，用同樣的句型，讓 Tilly 與 5 個好朋友陸續登場，每個人有自己喜歡的東西與喜歡做的事。小讀者可從書頁的小圖案，猜猜每個人正在做哪些事？

小書探尋寶趣

童書作家 Polly Dunbar 幫小女孩 Tilly 創作出一群動物朋友，有小豬 Hector、大象 Tumpty、鱷魚 Doodle、母雞 Pru，以及小兔子 Tiptoe。

每個動物朋友有自己鮮明的個性，又能從生活中的喜怒哀樂中互相容忍與學習，既充滿童趣又富有哲理。

更多 Tilly and Friends 的系列書籍，請上「Tilly and Friends」官網搜尋：http :// www.tillyandfriends.com /。

Book 12 （翻翻書）

書名——A Is For Animals
作者——David Pelham
出版社——Little Simon
ISBN——9780689847066
出版年分——2001

這是一本字母書。翻開書頁，看到一塊塊正方形色塊，上面印有各個字母。看似平凡無奇，但一翻開竟然是立體紙雕的各式動物。

A Is For Animals，躍出的是一群動物。B Is For Baboon，出場的是狒狒。C Is for Crocodile，凶猛的鱷魚似乎要咬人一口。D Is For Dolphin，看，海豚在跳舞！

就這樣 26 個方塊中，藏著各種字母開頭的動物，隨著翻頁的角度，這些立體動物活靈活現的躍然紙上！

雖然有著 26 個翻頁，但這本書其實不同於前面介紹的硬頁翻翻書。它其實是一本立體書，一件藝術作品，讓孩子在細緻美感的氛圍中，快樂認識 26 個字母及各種不同的動物。

這種連大人都愛不釋手的藝術作品，其實也就是讓孩子愛上閱讀的神奇祕密武器喔！

家長小叮嚀

雖然學英文必學 26 個字母，很多字母書也特別標明 2 歲以上適用，部分家長感受到學英文的壓力，好像孩子 2 歲了，就特別希望小孩能熟記 26 個字母。

我自己也曾犯下這樣的錯誤，雖然我選的書很好，但小孩就是記不起來。其實等到孩子 5 歲以上甚至更成熟，只要花個 2 小時，就能記住所有字母，實在沒必要在孩子才 2 歲時，要他們花上 1 個月的時間去記字母。這麼做不但無法達到目標，反而倒足孩子學習的胃口。

使用此書時，請家長單純讓孩子欣賞就好，不一定要驗收是否記得所有字母與對應單字喔！

● 操作書

操作書顧名思義，就是要操作互動的書，常見的有按壓書、拉拉書、轉轉書、立體書、觸摸書、磁鐵書、貼紙書、聲音書、動畫書等等。

這是個很精彩的出版類別，大部分的操作書要 4 歲以上的小孩才能把玩出樂趣。但也有幾款操作書是特別設計給 0~3 歲的孩子，通常字彙、操作的功能也比較單一。我舉以下幾本書說明。

Book 13 （操作書）

書名——10 Button Book
作者——William Accorsi
出版社——Workman
ISBN——9780761114987
出版年分——1999

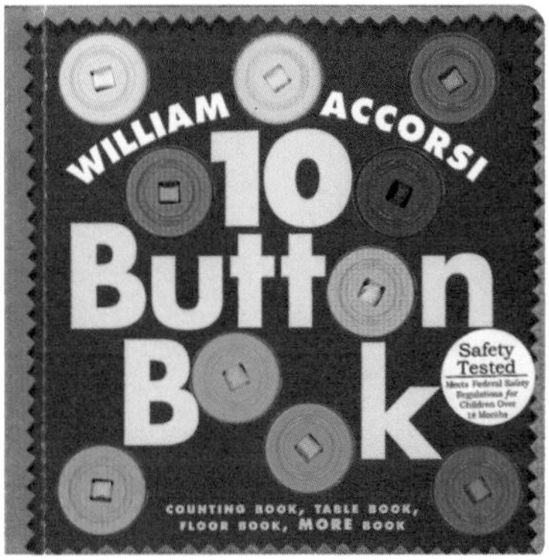

這本吸睛的互動書是一本數數書，也是一本顏色認知書，書所附的 10 顆彩色鈕子，與彩帶緊緊相連，牢固的裝訂在書上。

書的主體是硬頁印刷，每一頁面都是鮮豔的大色塊。左手邊頁面印著 1~10 的數字，數字 1 下印有 1 顆釦子，數字 2 下方則是 2 顆釦子，數子 8 下方則印有 8 顆不同顏色的釦子。右手邊頁面則是挖圓洞設計，讓小孩可以把釦子塞進去圓洞中，好似自己也是書的共同創作者，幫助作者把圓洞用釦子補好，把故事完成。

10 Button Book 引進台灣超過 10 年，樣書擺在門市，每每吸引小孩的注意，我們發現，這本操作書最適合 2 歲至 2 歲半的小朋友。這年紀的小孩大都能自己把玩，常發現有小朋友一玩就是 10 分鐘以上，這書就是有這種魔力！小孩也就是這樣不知不覺中愛上閱讀！

家長小叮嚀

彩色釦子有很多種玩法：

- 最自然單純的玩法，就是讓小孩自己隨性玩。小孩一看到釦子就非常興奮，管他文字寫什麼，管他釦子是什麼顏色，直接塞到洞中就很有成就感。

- 把全部的釦子依照顏色，一一放入封面的洞洞中。

- 由父母引導，讓小朋友知道釦子其實有不同顏色，可提點將相同顏色的釦子挑出後，再塞進去圓洞中。也可引導小朋友一起數一數，每一頁有多少釦子。如果能再唸出有押韻的內文，那就更棒囉！

Book 14（操作書）

書名——Brown Bear,Brown Bear,
What Do You See?
Slide and Find Book
作者——Bill Martin Jr.
繪者——Eric Carle
出版社——Priddy Books
ISBN——9780312509262
出版年分——2010

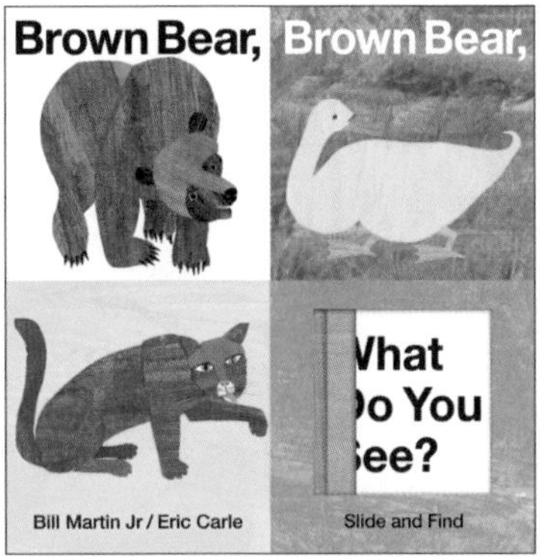

這本書早在 1967 年即出版，是 Eric Carle 第一本插畫作品。出版至今近 50 年，已經是廣為人知的幼兒經典。

「Brown bear, brown bear, what do you see? I see a red bird looking at me. Red bird, red bird, what do you see? I see a yellow duck looking at me.」從這開頭的幾句文字，讀者對照圖片，不難猜出下一句是什麼樣的內容。

是的，重複的語句，押韻的文字，每頁介紹不同顏色的動物，是一本動物認知書，也是一本顏色認知書。

家長小叮嚀

使用 Brown Bear 開窗互動版，父母可關閉所有的窗戶，先呈現文字部分。唸完「I see a red bird looking at me.」之後再開窗。

唸過幾次後，則可先打開所有窗戶，讓動物圖片呈現出來。這時再唸一次試看看，當大人唸「Red bird, red bird, what do you see?」，可觀察小朋友是否能看著 yellow duck 的圖像，就唸出下一句喔！

簡單的操作模式，讓這本經典的幼兒書，增添了很多互動的價值。

小書探尋寶趣

Bill Martin Jr. 與 Eric Carle 的熊系列共有 4 款，另外 3 本分別是：《Polar Bear, Polar Bear, What Do You Hear?》、《Panda Bear, Panda Bear, What Do You See?》，以及《Baby Bear, Baby Bear, What Do You See?》。

文字句型雖然大同小異，但選擇的動物更多樣、更罕見，對動物有特別興趣的小朋友，這系列是相當不錯的知識入門書。

Book 15 （操作書）

書名——Busy Garden
繪者——Rebecca Finn
出版社——Campbell
ISBN——9781447257561
出版年分——2014

「Into the garden, here we go! Water the flowers, watch them grow.」小男孩進入花園玩耍，澆著水，看花長大！在花園裡還有哪些好玩的事呢？動動小手推一推、拉一拉、轉一轉，來到花園裡真好玩！每一頁的主體文字，都是由簡單 3~6 個字組成，前後押韻成一段童年快樂時光。

Busy 系列操作書，以幼兒生活中常見的場所（如公園、海邊、城市、車站等）為主題，簡易的操作功能、押韻的文字、加厚的硬頁處理、顏色鮮明的插畫風格，有助小朋友做生活想像，也訓練小手手肌肉發展。

1
2
3
4
5
6
App 1
App 2

家長小叮嚀

除了每頁的操作設計外，仔細看，頁面的小動物、小昆蟲們，還會發問問題呢！家長可引導小朋友做更深入的觀察，如「球是什麼顏色？」、「這裡有幾朵鬱金香？」、「共有幾隻小瓢蟲？」。

另外還有一隻每頁都會出現的小蜜蜂，家長可陪同小孩，看小朋友是否都能找到牠躲在哪裡？

Book 16 （操作書）

書名——Baby's Very First Touchy-Feely Colours Playbook

作者——Fiona Watt

繪者——Stella Baggott

出版社——Usborne
ISBN——9781409565116
出版年分——2014

園子裡種著草莓、番茄、大南瓜，還有胡蘿蔔，小瓢蟲飛來跟大家打招呼，蚯蚓躲在草莓下，蝸牛、狐狸也來湊熱鬧。

猜一猜，誰躲在南瓜後頭？這個首先登場的情境畫面，是介紹哪2個顏色呢？這是一本顏色認知書，每兩頁一個場景，每一頁介紹一個主要顏色。

繪者用高超的繪圖技巧，巧妙的安排每個跨頁合組成一個場景，各自有自己的主體顏色，人物場景卻能相互融合不顯突兀。

書頁中有各種特殊設計，吸引小朋友伸手去找尋翻頁下的人物、摸摸不同材質的觸感、搓搓特別鏤空的小洞。互動式的閱讀，讓寶寶開心又滿足！

家長小叮嚀

家長在寶寶伸手探索各式機關的同時，配上一些情境聲響或文字，如鯨魚擺尾時，可加入嘩嘩聲，開門看見小熊妹時，可喊「Hello, bear」。

以這樣的方式共讀此書，對寶寶來說，將會是一場滿足多重感官的多功能饗宴！

Book 17 （操作書）

書名——Schoolies: School House
作者——Ellen Crimi-Trent
出版社——Priddy Books
ISBN——9780312516130
出版年分——2013

快樂小學堂，歡迎小朋友來上學與遊玩！

張開書頁，這本書可以組裝成 4 個立體的空間，有 2 間教室，1 間餐聽，還有 1 個戶外遊戲場。

首先，先來做人物介紹，有喵老師與其他動物學員們，大家都熱愛學校、喜歡上學。

書中有個收納袋，內附很多紙卡，可以把人物拆卸下來，加上立牌，人偶即可站立，也可把桌子教具等拼裝起來，讓每個空間的內容物更為豐富。

另外，書中還有一張配件貼紙，小朋友可以重複使用，把教室妝點得更有學習氣氛！書末還有提供尋找遊戲，讓孩子根據指示，把隱藏在各角落的人物與東西找出來。

自己的學校生活自己編造，天天都是快樂上學日！

小書探尋寶趣

Schoolies 是出版社 2013 年最新出版的品牌與人物系列，除有立體書屋外，還有字卡、貼紙書、操作書與練習本等，有興趣的讀者可進一步參考以下網頁訊息：http://shop.priddybooks.com/range.aspx?id=4294967352。

家長小叮嚀

孩子的童年，一定要有一間立體遊戲書屋！

扮家家酒是小朋友必玩的遊戲，從 3 歲到 12 歲都適玩！這遊戲可以讓小朋友發揮想像力、建立群體人際關係、從虛擬實境體驗真實生活、增進創造力……好處可是數不盡。但扮家家酒也需要輔助工具呢！

用來玩扮家家酒的遊戲屋有很多種，製作材質也各異，最常見的莫過於塑膠屋與木製屋。市面上很暢銷的則是 Hello Kitty 的各式遊戲組，如整間的廚房設備，配上餐具、食物、罐頭、水果等，相信不少人家中都已經有一、兩組。

這些遊戲屋，讓小孩愛不釋手，但缺點就是不好收納，龐大的體積還有零散的配件，占掉家中不少空間。建議家長考慮另一種紙製的遊戲屋，除了擁有其他遊戲屋的優點外，最大的好處就是好收納。打開來是好大一間立體屋，收起來則是一本書架上的書，還有收配件的專用袋，不怕配件越玩越少，散落家中各處。

各種不同主題的立體書屋，玩著玩著也讓孩子以最輕鬆快樂的方式接觸英文。

● 圖畫繪本

圖畫繪本英文是 Picture Books，簡單來說就是圖畫故事書。有些沒有字只有圖，有些有圖也有字，有的書文圖契合，有些圖像補充文字的不足，也有些書是文圖各說著不同的故事。

一般 2 歲以上幼兒，即可挑選一些文字較少，與「家庭」、「生活」、「基本認知」有關的書籍來共讀。

Book 18 （圖畫繪本）

書名——Good Night, Gorilla
作者——Peggy Rathmann
出版社——Penguin Group USA
ISBN——9780698116498
出版年分——2000

夜深了，動物園管理員開始巡視，跟動物們一一道晚安。「晚安，小猩猩！」但頑皮的小猩猩卻一點也不想休息，還趁機偷走鑰匙，打開自己的房門，靜靜的跟在管理員後面。

當管理員跟大象、獅子、土狼、長頸鹿、犰狳道晚安時，小猩猩也一一為動物們開鎖，讓所有動物恢復自由。

當管理員以為完成工作可以回家休息時，精彩的故事才正要開始！原來動物們尾隨著管理員回到家中，管理員就像一位累到不行的爸爸倒頭就睡，當太太睡夢中跟先生道晚安順便關燈時，竟有不同的聲音回應她的晚安！

管理員太太驚訝的開燈，看到動物們都在自己房中，只能在不吵醒先生的狀況下，趕快把動物們送回園中……

這是一本幾近無字的圖畫書，作者細膩的圖畫傳神的勾勒出小猩猩的頑皮行徑，深得不按時間就寢小朋友的共鳴，也讓夜夜期待孩子早早上床的父母會心一笑！

小書探尋寶趣

Peggy Rathman 還有另一本晚安作品《10 Minutes Till Bedtime》，同樣以近乎無字的插圖，描述上床前 10 分鐘所發生的精彩故事，也非常推薦家長與孩子共讀。

Book 19 （圖畫繪本）

書名——From Head to Toe
作者——Eric Carle
出版社——HarperCollins
ISBN——9780064435963
出版年分——1999

企鵝轉轉頭、水牛會聳肩、海豹會拍手、大象跺跺腳、驢子會踢腿……。小朋友，這些動作你都會做嗎？本書使用重複的句型，讓各種不同的動物一一登場，展現牠們身體的特色，並邀請小朋友模仿牠們的動作。

一位兒童心智科的醫生來到禮筑門市，看到這本書如獲至寶，她說這是一本可用在治療肢體協調有障礙的兒童。就英語教學的角度來看，這實在是一本好教材，原來，這本書在其他的範疇也可以有不同的應用。

家長小叮嚀

建議家長唸完這本書後，可以跟孩子起來「運動」一下，家長佯裝每一種動物，邀請小朋友一起做動作。

某些很容易挑戰的肢體動作，如拍手、轉頭，輕輕鬆鬆就能完成，讓孩子很有成就感。而其他動作，如聳肩、踢腿、動腳指頭，則頗具挑戰性，可能要嘗試好幾次才能到位。

看孩子努力嘗試的小身軀，可要給個大大的抱抱或親親喔！（I am a mommy and I hug my baby. Can you do it?）

Book 20 （圖畫繪本）

書名——Good News Bad News
作者——Jeff Mack
出版社——Chronicle Books
ISBN——9781452101101
出版年分——2012

1
2
3
4
5
6
App 1
App 2

兔子和老鼠是一對性格相異的好朋友，兔子看起來開朗，老鼠看起來鬱悶，但也不盡然是這樣！

Good News：兩人決定去野餐！
Bad News：喔！好像要下雨了！
Good News：還好兔子有帶傘！
Bad News：一陣大風連鼠帶傘一起被吹走了！
Good News：兔子追傘來到蘋果樹下，剛好可以避雨！
Bad News：蘋果被風颳下，砸到老鼠的頭！
Good News：兔子說：「我們有蘋果吃了！」
Bad News：老鼠一咬蘋果卻鑽出一條大蟲！

書籍從頭到尾，頁面僅有 4 個字：Good News 以及 Bad News。作者用幽默易懂的插畫，搭配重複的 4 個字，交織出一個溫馨又感人的友情故事。

家長小叮嚀

本書全文僅有 4 個字與正負劇情不斷重複，加上圖畫意境表達清楚，可以嘗試跟 3 歲小孩共讀。但這本書其實也適合跟年齡更大的孩子共讀，甚至大人讀來是否也有種似曾相識的人生哲理呢！（賽翁失馬，焉知非福。）

如果家長期待講完一本繪本後，小朋友就認得書中所有的字，那這本《Good News Bad News》可以讓家長的期待成真喔！

下次小孩感受到「好康」的情勢，脫口說出 Good News 時，家長也不用太驚訝呢！

出版社書籍影音檔，請參考：https://www.youtube.com/watch?v=KJr_JPnv9EM。

Book 21（圖畫繪本）

書名——Monkey And Me
作者——Emily Gravett
出版社——Macmillan Children's Book
ISBN——9780230015838
出版年分——2008

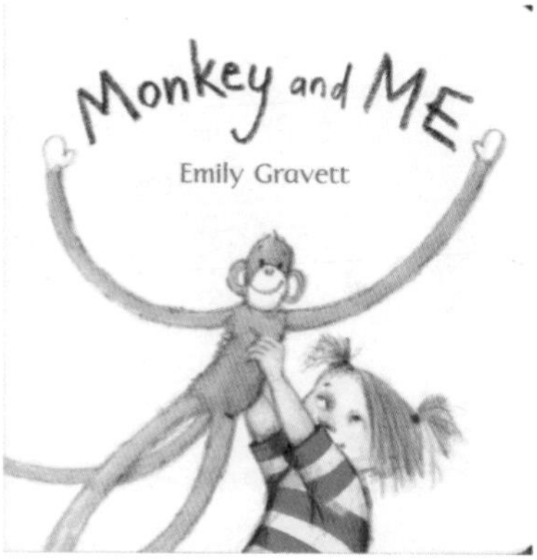

猴子與我，猴子與我，猴子與我，我們去看，我們去看……企鵝走路、袋鼠跳躍、蝙蝠飛翔、大象跺腳、猴子玩耍……。

小女孩與心愛的猴子玩偶是最好的朋友，他們一起玩起動物模仿秀！小女孩與小猴子比手畫腳，互換位置，跑上跳下，小朋友是否能由這些動作猜到下一頁的動物是什麼？

本書文字簡單，主要重複句為：「Monkey and me, Monkey and me, Monkey and me, We went to see, We went to see some…Penguins!」

書中文字與畫面排版都經過設計，讓讀者在讀到 some 的時候停頓，製作緊張氣氛，翻頁後即可答案揭曉！而小女孩累了想睡覺時，每個字的後面加上「…」，讓人彷彿也能感受到疲累的氛圍。

家長小叮嚀

- 家長唸這本書時，可以先平淡的照文字唸過去，觀察小朋友是否會發現小女孩與猴子玩偶的動作，其實跟下一頁出現的動物有關。

- 再唸一遍時，則可在 some 的地方放慢速度，在翻頁時大聲唸出動物名稱。小朋友或許會呼應父母，也在翻開下一頁時，一起大聲唸出動物的名稱，輕鬆將單字記憶起來。

- 父母跟小朋友一起跟著書中的小女生模仿動物的動作，也相當有趣喔！

- 小朋友年紀大一點，還可以跟小朋友玩換字遊戲，如把 Monkey 換成 Mommy、Went to see 換成 Went to eat，然後加上食物的名稱喔！例如：「Mommy and me, Mommy and me, we went to eat, we went to eat, some…apples!」這是作者來禮筑書店舉辦見面會時，親自示範的互動方式，現場有小朋友把 Monkey 改成 Alien，而吃的東西則是 POO-POO，引發全場歡笑聲。

以上選書舉例，家長已經不難發現 0~3 歲的選書重點：除有聲品外，書多以硬頁為主體版本，再搭配翻翻與操作功能。以內容來說則是文字多有重複性且押韻，並與顏色、數字、形狀等基本認知相關。

註 7：參考《台灣醒報》記者莊瑞萌之報導。

Chapter 3

大人小孩一起歡樂讀！英文閱讀第二階段 4~8 歲

隨著小孩身心發展日益成熟，也能用言語適時表達自己的好惡，這個時期跟孩子共讀英文故事，好的選書、溫暖的陪伴，將有助於幫孩子養成日後自我英文閱讀習慣。

這階段還可以「上學與否」區分成學齡前期（4~6 歲）與小學低年級（7~8 歲）。學齡前期家長與孩子互動仍以家長主述，孩子以聽與看圖片的互動方式進行。小朋友進入小學開始學習認字時，家長則可在原本的互動方式下，引導小朋友注意書中的文字，甚至可以用手指指字的方式來講故事。

唸故事幫助孩子發現「字」、「音」對照關係

在台灣，孩子通常上了小學一年級，才開始學注音與認字。但事實上很多學齡前的小孩已經認識很多中文字，有些是父母刻意提前讓他們在幼稚園學習，也有些父母是利用唸中文故事的方式，讓小孩輕鬆認字。

故事中會出現很多常用字，如大、小、天、人……等等，其實不用花錢補習，多唸些故事，小孩就能自然發現「字」與「音」的對照關係。

而家長勤唸英文故事，其實也可以達到類似的效果。英文是拼音文字，小孩可以在長期聽故事中，自己找到一些自然發音規則，之後再學 26 個字母時，很快就能從腦中把這些內化的規則叫出來，自然的發揮使用 。

這觀念聽起來有點籠統，舉部有名的電影為例，在《為愛朗讀》中，凱特．溫斯蕾主演的角色，是個喜歡聽人讀故事的文盲。在服監期間，男主角寄來的一卷卷故事錄音帶，陪伴她度過漫長無趣的獄中生活，但不識字

對她而言始終是終身遺憾！

有一天，她靈機一閃，到獄中圖書館借來錄音帶中朗讀的書籍：《The Lady And the Little Dog》。她對照錄音帶與書籍上的字，就這樣發現了字、音的相對關係，之後持續不間斷的大量閱讀，竟無師自通有了讀寫的能力。小小孩對這種字、音對照的關係判讀能力，常常優於大人。

講故事的方式

我所接觸到的故事團體所採用的讀故事方式，大致分為兩派：一派是所謂的「忠實演奏」，也就是看到什麼字，唸什麼字；另一派則是「加油添醋」，適時加入自己的文字用以簡化或替代原來的文字。

哪一派好呢？當然各有優缺點。

「忠實演奏派」優點就是，一音配一字的唸，有助於小朋友發現「字」、「音」的對應關係，進而自然而然的取得「識字」能力。但有時某些作者的文字實在不適合逐字唸，這時如果講故事者能用淺白文字與聲音表情加以修飾，也可以提高小朋友聽故事的興致。

唸英文故事「理想狀態」也是如此囉，可逐字唸，也可加油添醋。但事實上，唸英文故事卻沒有想像中簡單！主要是英語非家長的母語，家長對自己英文能力沒有信心，加上小孩中文能力已經養成，比較之下，也會對英文產生抗拒！

對於家中有英文環境的父母，建議無他，用英文唸英文故事就對了，照唸或加料都好。但對於無英文環境、對自己的英文又不具信心的家長，想要好好的進行親子英文共讀，則需要一些變通的方法。

中英夾雜輕鬆讀

小孩因為處在中文的社會環境中，中文能力高於其他語言是可預見的。而這階段選擇的書，字也開始變得多一些，不論家長英文好不好，常常是一開口，就直接被小孩以「不要講英文」給摧毀信心與興致。

我自信英文能力尚可應付給小孩唸故事，但 2 個小孩在這個階段，都不約而同有這樣的問題。老大 3~4 歲時，正當我沈浸在「跟小孩說故事原來這麼簡單」的甜蜜期時，突然，只要我一開口講英文，就直接被回嗆「講中文」，不妥協的話，小孩索性就不聽了！

考量許久，我的解決方式是：拿著英文繪本講中文故事，當時覺得維繫良好的親子關係與小孩的閱讀習慣比較重要，不想聽英文，講中文便是！

事後想想，建議家長唸中文故事還是使用中文書，畢竟大人一邊看英文，一邊翻成中文，故事常講得零零落落，對中文的認知，反而是負面效果。

老二到了 3~4 歲時，魔咒果然又出現了，儘管之前她如何的愛看書、愛聽我講故事，也是拒絕聽英文。我不願意再拿著英文書講中文故事，我想拿英文書講英文故事。

這時挑選書籍變得很重要。我挑選一些文圖契合度很高的故事書，堅持「書名一定用英文唸」，而內容則是以瞭解故事為目的，可以一句英文、一句中文，中英夾雜也無所謂。

通常好聽的故事，小孩都會要求講第二次，因此在她聽過一次已經瞭解全部故事的情況下，第二次當她看著圖時，我只要偷偷把語言換成全英文，或把某些字換成英文，她就不是那麼介意了！

讓人驚訝的是，她後來竟然能讓我用全英文把故事唸完，或直接說：「媽媽，唸這本《Do You See A Mouse?》」或是說：「我找不到《Cockatoo》耶！」

有趣的是，老二根本不知道自己在講英文，但這些英文字就這樣進入她的腦中，並自然的使用起來。

透過故事接觸英文，輕鬆累積字彙量

如果家長問為什麼要這麼辛苦？我只能說，辛苦是有回報的。很多小孩害怕英文，看到英文字就恐懼，一恐懼就不可能學好英文。

從小讓小孩以聽故事方式來接觸英文，有助於避免日後學習的恐懼。選到好書互動，更是家長小孩都滿足，對家長來說不見得是一件苦差事。

但大部分家長最在意的小朋友的「英文程度」到底能否有所提升？那肯定是有的，家長可以堅持書名都是以英文唸，日積月累，小孩的英文，光是認識書名，也累積了驚人的字彙。而且從故事中認識的英文字，通常也不容易忘記。

有聲書輔助閱讀，但不取代親子共讀

如果爸媽對自己英文沒信心，那就需要有聲書來幫忙。很多國外的有聲出版品，由專業人士以劇場效果錄製，能誘發小孩更愛聽故事與閱讀。

即使有有聲書，我還是鼓勵家長要自己唸故事給孩子聽，不要成為按播放鍵的機器，或規定小孩要聽幾遍，甚至聽到背起來，這樣聽故事好像又變成一項「學習的功課」。

很多家長懼怕自己的發音不標準，覺得應該不要跟小孩講英文，才不會影響小孩將來的發音。我並不贊同這樣的說法，親子共讀才是有溫度的互動，大人小孩靠在一起（抱在一起），小孩感覺大人的聲音與體溫，不管故事講得好不好、發音準不準，親子一起看完一本書，是「播放聲音檔」無法取代的。

更何況，發音這檔事，小孩大一點還有機會在學校或其他的學習場合調整過來，家長根本不需要怕影響小孩發音，而不敢跟小孩一起讀英文故事。

舉我自己為例，在家鄉時由於父母都講台語，左鄰右舍、親朋好友也都是講台語，長大北上念書時，一度被譏笑有「台灣國語」，但還是可以靠環境與後天的學校學習，讓發音「自行導正」。唸英文時，也曾被外籍老師糾正過發音，經過多次練習，也可「強制導正」（註 8）。

而在法國期間，小女兒仍希望媽媽要講故事，由於手邊的資源都是法文圖書，只好硬著頭皮用不準確且不流利的法文唸故事。當我發出的音實在太離譜時，聽故事的妹妹會皺一下眉，但還是選擇繼續聽下去。可見故事本身與親子相處才是重點，發音準不準則是次要考量。

更何況，語言的「口音」一直是爭議性的話題。台灣家長普遍喜歡的是「美式紐約腔」，有時連英國出版的有聲書都敬而遠之。但語言貴在能溝通，即使有無法改善的口音，講得好、講得有內容，還是受人尊敬。

有聲書的輔助是必要的，即使家長英文好，聽聽專業的故事敘述法也是一大樂事，更可學習模仿。英文沒那麼好的家長，則建議自己找時間先聽過，再跟小孩互動。

俗語說「活到老，學到老」，大人選擇小孩的英文圖畫書來學英文，既簡單又有趣，一魚兩吃，自己可以學習，又可陪伴小孩，何樂而不為？

此外，我希望家長不要有閱讀「偏食」，也就是只挑有聲書才買。有聲書是一種輔助，很多圖畫書其實沒有太多單字，很容易挑戰，花錢買與書同等價格的 CD，不如多買幾本書。

由於讀書給小孩聽，在國外是很多家長與老師的習慣，有些書雖沒有附 CD，但家長還是可以在 You Tube 中找到一些範例參考。

另外從專業圖書進口者的角度來說，我要告訴讀者，很多好的英文童書根本不會出「有聲 CD」，因為英美出版社出有聲 CD 通常是考量到盲胞的需要，或是想對另一種藝術形式有所挑戰。

近年來考量國際上非英語系國家的英語學習市場，出有聲版的比例才又高了一些。但眾多新出版品，有配 CD 的還是少之又少，很多很好的作品就是不會出有聲版。

家長挑書唸書，如果太過依賴有附CD的書籍，恐怕會錯過很多精彩的作品。而有些CD出版品，完全是因應國際學習市場而來，錄製品質淡然平庸，也不建議購買與收藏。

終極妙方

如果家長就是無法跟孩子共讀，卻又想讓孩子保有英文閱讀習慣，或是自己很努力，但孩子就是不愛跟自己看英文書，那要怎麼辦？

當然，還是要提供「終極絕招」，那就是常帶孩子去聽專業老師講故事，或幫孩子找個重視閱讀、會講很多故事的幼兒園囉！讓老師幫忙訓練，讓同儕影響習慣，家長再來撿現成的，也是個好方法喔！

適合4~8歲閱讀選書

閱讀第二階段4~8歲適合書種有：有聲品、操作書、圖畫繪本、分級讀本、系列小說等。

● 有聲品

4~8歲的年紀，當然還是要聽一些韻文童謠，以持續培養孩子對音韻的敏感度。但相較於前一階段，孩子只是單純的用耳朵聽，這個階段則可引領孩子用眼睛看，閱讀一些與歌曲搭配的文字或圖片。更可挑一些錄製品質優良的故事CD，來搭配輔助親子共讀。

Book 22（有聲品）

書名——Book of Rhymes and Rhythms Collection（含 5 書 +5CDs）
出版社——Scholastic
ISBN——9780545612241
出版年分——2013

Book of Rhymes and Rhythms 系列，收錄了 100 多首英語系國家的歌謠與韻文。此系列有別於一般歌詞僅是輔助的童謠 CD，歌謠中的歌詞也是主角，依文字難易與發音特性出版成 5 冊書籍，分別為 K、1A、1B、2A、2B。每一首歌都輔以適合情境的插畫，幫助小朋友理解歌詞的意境。

另外，編者也會將每一首歌詞值得注意的單一字母發音，或組合字母的音韻，標示在最下方。多聽童謠韻文原本就可以讓小朋友在哼唱之餘，多少刺激語言的學習與發展。而實際閱讀歌詞，透過提示，更能幫助小朋友理解自然發音的規則。

The Teddy Bear Picnic
If you go down to the woods today,
You're sure of a big surprise.
If you go down to the woods today,
You'd better go in a good disguise.
For every bear that ever there was,
Will gather there for certain,
Because today is the day
The teddy bears have their picnic.
woods

家長小叮嚀

建議家長，對於學齡前的小孩，還是讓他們先聽歌曲即可，待孩子有興趣，想知道唱的是什麼內容，再引導一起看書。如果一開始就想把書當教材，指導孩子學習自然發音，可能只會徒勞無功，造成反效果喔！

Book 23（有聲品）

書名——Aaaarrgghh, Spider! (Book+CD)
作者——Lydia Monks
出版社——Egmont
ISBN——9781405230445
出版年分——2007

小蜘蛛很希望自己可以成為一隻家庭寵物。事實上，牠認為沒有人比牠更適合當寵物。牠會跳舞娛樂大家、牠很愛乾淨、牠不需要太多照顧，牠可以養活自己……但任何人只要一看到牠，總是驚叫：「Aaaarrgghh, Spider!」然後就把牠趕出去！

這實在太不公平了！傷心之餘，小蜘蛛獨居在後院林中，織起閃亮亮的蜘蛛網。這家人看到這美麗的景象，轉念接受蜘蛛當家庭寵物。

小蜘蛛覺得好幸福，牠跟小朋友盪鞦韆，跟媽媽去購物，牠想是時候介紹其他蜘蛛朋友給這家人認識了……。

當家人看到小蜘蛛的朋友駐足在家中各個角落，好久沒聽到的驚呼聲「Aaaarrgghh, Spider!」再度迴盪在讀者耳中！邊讀邊聽 CD 的劇場效果，讓故事畫面更為生動。

家長小叮嚀

這是一本可以抒發情緒、大聲叫喊的共讀書。當蜘蛛自豪的展現自己優點，出現在這家人的面前時，卻換來驚叫聲「Aaaarrgghh, Spider!」，然後便是「Out you go!」被趕出去。將這 2 句書中頻頻出現的靈魂句子大喊出來，更有戲劇效果呢！

最後一頁家中充滿了蜘蛛，家長也可引導小朋友猜一猜，原來的小蜘蛛是哪一隻呢？為什麼是那一隻？傾聽小朋友的答案，也可以更了解小朋友的思考方式喔！

Book 24 （有聲品）

書名——Chicka Chicka Boom Boom (Book+CD)
作者——Bill Martin Jr. and John Archambault
繪者——Lois Ehlert
出版社——Little Simon
ISBN——9781416927181
出版年分——2006

26 個字母被巧妙的擬人化，a 告訴 b、b 告訴 c，我們一起來爬椰子樹！說著說著，d 也來了，他對 e、f、g 誇口，說自己一定能打敗他們先爬上去！

h 也出現了，i、j、k 隨後到，後面的字母也一個個跟上來。

然而，椰子樹感受到重量，慢慢彎下腰來，當所有字母都爬上樹梢時，椰子樹承受不住！啪！所有小寫字母都跌落下來。

這時大寫的爸爸媽媽、叔叔嬸嬸都趕來救援，一一把受傷的小寫字母帶回家。太陽下山，月亮高掛，當一切歸於寧靜，睡不著的 a 跑到樹下，一場爬樹大賽或許在黎明時刻又將重新開始！

家長小叮嚀

這是字母故事書，也是一首押韻的字母詩，不時穿插於文本的「Chicka Chicka Boom Boom」就好像在打著節拍，讓整本故事唸起來特別輕快！

這個有聲版本，請來小朋友用稚嫩清亮聲音，詮釋頑皮字母的行徑，聽起來非常悅耳，讓人忍不住也要跟著節奏挑戰看看！

書籍後半段的文字其實有點難度，唸起來像繞口令，但別小覷小孩的模仿能力，多聽幾次就能朗朗上口喔！

Book 25（有聲品）

書名——The Gruffalo Book And CD Pack
作者——Julia Donaldson
繪者——Axel Scheffler
出版社——Macmillan
ISBN——9781405092357
出版年分——2006

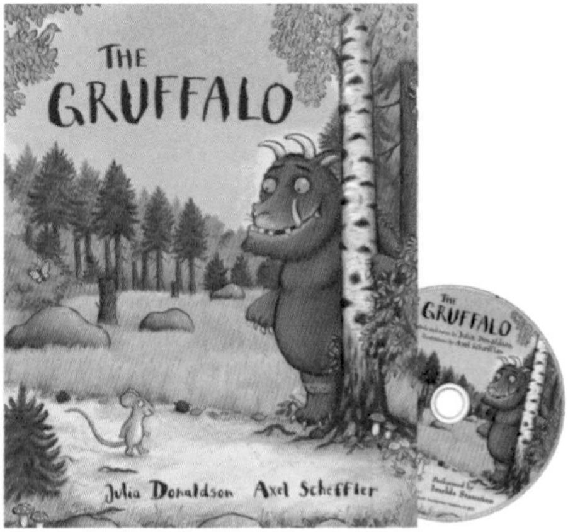

狐狸看到小老鼠悠閒的在林中散步，心中歹念一起，想邀請牠到家中午餐然後吃了牠！然而小老鼠婉拒好意，因為牠已經跟 Gruffalo 有約了，就約在這裡！

狐狸一臉狐疑，Gruffalo 是什麼呀？從來沒聽過這號人物。小老鼠輕鬆的解釋，Gruffalo 有著尖牙利齒以及銳利的爪子，而牠最喜歡吃的就是烤狐狸。狐狸一聽，便落慌而逃。

繼狐狸後，來了貓頭鷹以及蛇，都想誘騙小老鼠，而小老鼠運用機智，說著自己如何跟 Gruffalo 有約，嚇跑了所有想侵犯牠的敵人。

但小老鼠萬萬沒想到，這森林之中，竟然真的有像自己所描述的那種 Gruffalo ！而這個 Gruffalo 也正想吃掉牠呢！臨危不亂又充滿智慧的小老鼠，該如何幫自己化解危機？

故事要有趣，文字又要句句押韻，實在是艱鉅的任務，但 Julia Donaldson

可是箇中高手，幾乎所有的作品都是以韻文的方式呈現。

這獨有的文字特色，讓 Julia 的眾多繪本作品都搭配了音樂 CD。CD 中除了故事內容演說外，也會有故事內文編成的歌曲，這已經超越一般有聲書的錄製，堪稱有聲藝術的呈現。

小書探尋寶趣

2014 年是 Gruffalo 出版的第 15 週年，除有聲書外，Gruffalo 也有動畫電影，還有很多衍生的練習本、著色本，以及貼紙書等等，而續集 The Gruffalo’ s Child 也歡慶 10 週年。

● 操作書

相較於 0~3 歲適讀的簡易操作書，4 歲以上的操作書能操作的機關明顯變多，互動功能更為強大，大人也常為之讚嘆。以這類的書吸引孩子，要孩子不愛上閱讀也很難！

Book 26（操作書）

書名——Maisy’s Funfair
作者——Lucy Cousins
出版社——Walker Books
ISBN——9781406343205
出版年分——2013

Masiy 和 4 個好朋友一起來到遊樂園玩！遊樂園有哪些新奇的遊具呢？首先來開碰碰車，再去玩彈跳城堡。

喔！千萬不能錯過溜滑梯與刺激的雲霄飛車，最後當然還要上摩天輪，由上往下看整個樂園，一起回憶今天度過的歡樂時光！

這本書裡的每個樂園場景，都有拉、翻、轉等操作功能，小朋友動動手操作，彷彿自己有神奇的力量，讓整個遊樂園活了起來！

Maisy 是 Lucy Cousins 筆下一隻可愛的老鼠，以 Maisy 為主要角色，作者另外創造了小雞 Tallulah、大象 Eddie、鱷魚 Charley、松鼠 Cyril 做為

Masiy 的 4 位好朋友。

Maisy 一系列書籍，插畫線條簡單，顏色亮麗絢爛，主要內容有幼兒基本認知與學習、朋友之間的溫馨情誼，以及童年生活的點點滴滴。

小書探尋寶趣

Maisy 以各種不同書籍形式出版，有圖畫書、硬頁書、翻翻書、貼紙書、布書、形狀書、操作書，以及立體房子書等等。

舊書目雖一直絕版，新書目卻也不斷出版。除這裡介紹的《Maisy's Funfair》外，特別推薦以 Maisy 為主角的大型硬頁翻翻書，如《Maisy's Big Flap Book》，含 36 個翻頁，涵蓋數字、顏色、形狀，與相反詞等認知概念，適合 3 歲以上的幼兒。

也推薦如《Maisy Grows A Garden》、《Happy Birthday, Maisy》等主題性操作書。

請參考出版社製作之影音檔：https://www.youtube.com/watch?v=Gf647uUe2uo

Book 27（操作書）

書名——Lulu's Clothes
作者——Camilla Reid
插畫——Ailie Busby
出版社——Bloomsbury
ISBN——9780747597841
出版年分——2009

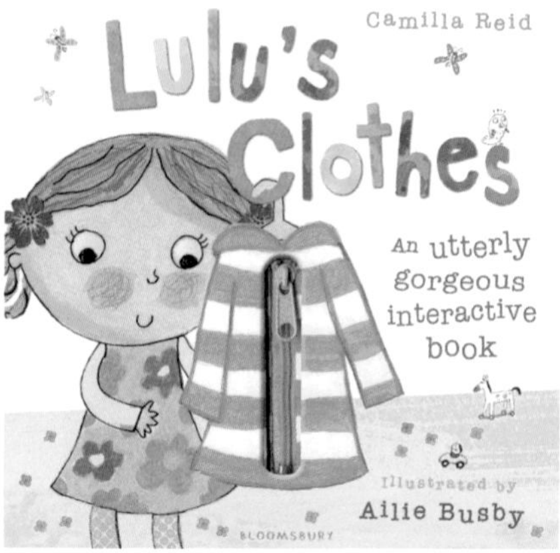

對 Lulu 來說，今天是個忙碌的日子，她有很多事要做呢！首先，吃完早餐，穿上粉紅條紋衣，小朋友，可否幫 Lulu 拉上拉鍊呢？

接著，她套上紅色大外套，準備要出門了，她的小兔兔也跟著一起去喔！猜猜小兔兔躲在哪裡？原來，Lulu 要去游泳，換上泳衣，戴上浮力手圈，Lulu 看起來真快樂！

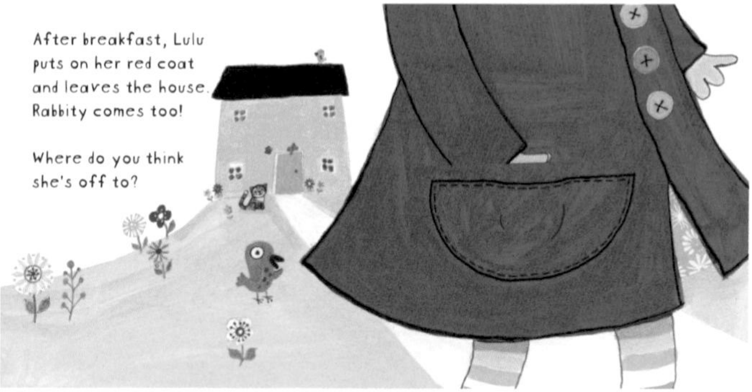

1
2
3
4
5
6
App 1
App 2

回家後，乖巧的 Lulu 還幫忙洗碗。這一天還沒結束，接下來，她騎車運動，換上喜歡的花衣裳去參加朋友的生日宴會。

忙碌的一天，終於要畫上句點，Lulu 換上最喜歡的睡衣，小朋友來猜一猜，Lulu 的睡衣會是什麼可愛模樣？

很多小朋友對打扮穿衣，可是很有主見的呢！就像這書中的小主角 Lulu 一樣，在各種場合中總是穿搭得宜。這是一本多功能操作書，可練習拉拉鍊、綁蝴蝶結，很多地方有觸摸的設計，如腳踏車安全帽、漂浮手圈等，當然還有一些翻頁的驚喜！

小書探尋寶趣

同系列尚有其他主題書目，如《Lulu's Lunch》、《Lulu's Loo》、《Lulu's Shoes》、《Lulu's Christmas》等等，都是很值得與幼兒分享的操作書。出版社也以 Lulu 為主角，於 2014 年 9 月出版了《Lulu Loves Colours》、《Lulu Loves Noises》2 本硬頁翻翻書，新書目陸續出版中。

Book 28（操作書）

書名——Arlo Needs Glasses

作者——Barney Saltzberg

出版社——Workman Publishing

ISBN——9780761168799

出版年分——2012

Arlo 是隻可愛的狗狗，牠最喜歡跟主人玩傳接球了！但有一天，不知怎麼了，Arlo 就是接不到球！

小主人想，是不是牠忘了怎麼接呢？雖親自示範，Arlo 仍接不到球。原來問題出在 Arlo 的視力上，牠似乎近視了！於是小主人帶牠去看眼科。視力表上的字母，看起來是如此模糊！是的，Arlo 需要配眼鏡。

Arlo 試戴幾副眼鏡後，選了最喜歡的一副。有了眼鏡之後，Arlo 不但可以繼續玩傳接球，更酷炫的是，牠還愛上了另一樣活動，那就是閱讀！

家長小叮嚀

這是一本互動操作書，文字簡短，故事進行流暢，而每一頁可操作的功能也不盡相同，小讀者甚至還可以拿起書中附的眼鏡戴戴看！

近視年齡層逐漸下降，很多小朋友都有上眼科檢查視力的經驗。Arlo 的故事不但深得小朋友共鳴，家長也可適時跟小朋友討論看不清楚的不便之處，提醒小朋友要好好愛護眼睛呢！

出版社特別製作了書籍影音檔，想更清楚本書如何操作，請參考：https://www.youtube.com/watch?v=lEpNPMCWltc

Book 29（操作書）

書名——The Ultimate Book of Vehicles

作者——Anne-Sophie Baumann, Didier Balicevic

出版社——Twirl

ISBN——9782848019420

出版年分——2014

說到「交通工具」，讀者想到的有哪些？火車、汽車、怪手車、貨車、雲梯車、巴士……是的，一般讀者想像得到的車車，都收錄在這本交通工具大百科中，而讀者想像不到的，如冰淇淋車、輪船、火箭等也都能在書中找到。

書籍操作方式，可參考出版社影音檔：https://www.youtube.com/watch?v=gJnaYtCef80

不同的是，這些交通工具可以打開翻頁看內部構造、轉一轉來操作怪手、拉一拉來操控雲梯，還可以幫火箭進行發射。

超過 60 個以上的操作機關，讓大人小孩目不轉睛、愛不釋手！想知道每一種交通工具的英文名稱嗎？讀者也可以從書中一一得到解答喔！

小書探尋寶趣

同作者尚有另一本書《The Ultimate Construction Site》，同樣值得收藏。https://www.youtube.com/watch?v=PVSBq72zuR0

Book 30（操作書）

書名——My Mommy's Tote
作者——P. H. Hanson
出版社——Workman Publishing

ISBN——9780761177401
出版年分——2013

打開媽媽的包包，看看裡面有哪些新奇好玩的東西？

哇！裡面有鑰匙、皮夾、計算機、筆、郵票、項鍊，還有筆電。再仔細看看，還有手機、礦泉水、衛生紙和香水……！

這是一本超級操作書，外型就像一個真實可提的包包，內含多片硬頁夾層的組合，搭配可翻開、轉動的機關，可練習數數，也可認識 ABC，還有一些可取出把玩的小道具，在小孩眼中，簡直就是個不可多得的百寶袋！

除了各式互動操作的功能外，這本玩具書裡的文字也值得一起來閱讀。

簡單的文字記錄小孩探索媽媽包包的心情轉折，小孩邊翻開包包，邊從裡面的物品想起媽媽的個性、生活喜好，以及媽媽跟自己的諸多互動，字裡行間也流露出媽媽對家庭與寶寶的疼愛與付出。

家長小叮嚀

大人的包包常常是小孩好奇想挖寶的地方。共讀共玩後，家長不妨讓小朋友猜猜真實生活中，媽媽的包包裡都放些什麼東西呢？又有哪些東西媽媽不能放在包包裡呢？而小朋友們，你們的包包又裝了哪些東西呢？

小書探尋寶趣

同系列尚有另一款《My Granny’s Purse》可收藏。奶奶的包包中，有更多的人生智慧與處事哲學喔！

● 圖畫繪本

這個階段的小孩最容易被故事打動，所具備的語言能力也可以發問問題，表達自己的好惡。這是個非常精彩的互動期，好聽的故事，小孩會一直要求重複講，甚至參與演出。利用這樣的階段特性，家長可挑文圖相互對照、故事性強，能引發思考互動的幽默小品來閱讀。

閱讀圖畫故事書能豐富小孩的想像力，但有些家長比較喜歡有「教育意義」的故事，比較難接受想像力太豐富的情節，比如青蛙可以跟鴨子談戀愛、豬會飛，或甚至覺得小孩相信世上真有聖誕老公公未免太過天真。但事實上，小孩就是熱愛這些天馬行空的故事情節！家長其實不用擔心小孩會搞不清現實生活與書中的想像世界，選書也可以更開放、更多元喔！

Book 31（圖畫繪本）

書名——You Choose
作者——Pippa Goodhart
繪者——Nick Sharratt
出版社——Picture Corgi
ISBN——9780552547086
出版年分——2004

想像你可以到任何地方，你要去哪裡？海邊？森林？城市？沙漠？
誰可以當你的朋友或家人？海盜？科學怪人？外星人？仙女？聖誕老公公？
你要住在什麼樣的房子裡？家裡要擺放何種家具？
肚子餓了想吃什麼？想養什麼樣的寵物？睡在什麼樣的床上？……

這是一本多功能的親子互動書，提供不同的生活主題，藉由回答簡單的問題，讓小朋友觀察書中圖像，做出自己最愛的選擇。

針對每個主題，作者提供的不僅是一般的解答，而是天馬行空的想像，如飼養的寵物，可以有貓、狗、大象、蛇，更有龍、獨角獸與機器狗等等，豐富小朋友的想像力，讓小朋友無拘無束的悠遊在現實與想像空間。

家長小叮嚀

家長可藉由此書觀察小朋友的個性，有的小朋友每次都挑選同樣的東西，有的則是每次都不同。某些書中的物品圖像，如不知英文名稱為何，在最前面與最後面的夾頁，粗體印刷的字群中，即可找到線索。

這不僅是一本 2 人共讀的親子書，越多人參與，討論越多，互動也越精彩喔！

小書探尋寶趣

同一作者尚有續集《Just Imagine》，讓小朋友想像自己變得跟房子一樣大，或像跳蚤一樣小，或生在恐龍時代，或活在羅馬時代，各會是什麼樣的情況？也是一本可引發討論與發揮想像力的共讀書。

Book 32（圖畫繪本）

書名——The Mightiest
作者——Keiko Kasza
出版社——Puffin Books
ISBN——9780142501856
出版年分——2003

幽靜的森林中，一頂亮晶晶的皇冠靜躺在大石上，石頭上的刻字表明皇冠是給「最厲害的人」。

獅子、大象與棕熊同時看到了皇冠，卻各自不服氣，認為自己才是能擁有皇冠的人。遠遠走來一位老太太，3 隻動物決議去嚇她，老太太最怕誰，誰就是能戴上皇冠的人。

但嚇完老太太，仍分辨不出勝負！就在 3 隻動物爭論拉扯的同時，出現了大巨人並奪走皇冠。大巨人接著抓起動物要丟下懸崖，一個高亢的嗓音呼喊巨人的名字，巨人嚇得跌坐在地。

這到底是怎麼回事？看似最弱的老太太，竟變成最厲害的人！

家長小叮嚀

很多家長可能不知道 The Mightiest 這個單字！這個字是 Mighty 的最高級，而 Mighty 是強而有力的意思。電影《王牌天神》的原文片名即是 Bruce Allmighty，不但強大，而且是「全能」。

《The Mightiest》書中的文字比較多，無法用全英文講述的家長可以中英夾雜，但遇到 mightiest 即用英文講。這個在高中甚至大學才能學到的英文單字，小朋友透過故事輕鬆就可記憶起來喔！

有位故事媽媽曾告訴我，拿 Keiko 的書（包括本書）去學校講故事，從低年級到高年級小朋友的反應都相當熱烈。於是我特別注意這位作者的所有作品，也常在門市做推廣與介紹。

果然，超強的故事性與超緊密的圖文契合度，竟能跨越年齡層，讓 3 歲到 12 歲的小朋友都喜歡。家長想挑選故事書，來同時滿足不同年紀的小朋友，請試看看 Keio 的作品喔！

小書探尋寶趣

作者 Keiko Kasza 擅長以動物為主角，文字流暢簡潔，圖文高度契合，情節幽默風趣，而故事最終頁還會藏小伏筆，讓小讀者感覺意猶未盡。《My Lucky Day》、《My Lucky Birthday》、《A Mother For Choco》、《Don’t Laugh, Joe》……等等，雖都是動物故事，但每一本都能變化出不同的面貌，饒富不同樂趣與寓意。

Book 33（圖畫繪本）

書名——The Dot
作者——Peter H. Reynolds
出版社——Walker Books
ISBN——9781844281695
出版年分——2004

美術課結束，Vashti 呆坐在位子上，她覺得自己根本不會畫畫，紙上一片空白，畫不出任何東西！

這時老師進來看到 Vashti 什麼都沒畫，沒有責備反而稱讚說：「哇！你這暴風雪中的北極熊畫得好！」（A polar bear in the snow storm.）明明紙上什麼都沒有，老師還這樣說，聽起來好諷刺！

但老師接下來卻鼓勵她，隨便畫個東西吧！看它能帶給你什麼靈感！

Vashti 於是忿忿的拿起筆來，用力的在紙上點了一點。

老師仔細端詳了一下溫柔的說：「來，這是你的作品，簽個名。」

隔週，Vashti 經過老師辦公室，發現自己簽上名的那一「點」竟被老師裱框掛在牆上。

Vashti 開始正面思考，或許自己是會畫畫的。於是她以「點」出發，畫出各式各樣的「點」，越來越有信心，最後還開了展覽會。展覽會上，她意外的鼓勵了另一位羞怯只會畫直線的小男生，或許另一位線條藝術家也即將誕生！

這個簡單的故事有著鼓舞人心的隱喻：不管起念有多渺小，只要開始都可邁向未來的無限可能。另外，故事中老師鼓勵學生的方式，也讓人強烈感受到老師積極鼓勵的態度，對學生的學習進步扮演著無比重要的角色。

這本書出版至今，啟發許多美術老師仿效書中方式，讓學生來創作「點」作品，也在很多大小讀者心中，種下了那麼一「點」勇於嘗試、正向思考的種子。

小書探尋寶趣

同一作者尚有 2 本藝術相關繪本：《Ish》和《Sky Color》，統稱為 Creatrilogy（創意三部曲）。

Book 34（圖畫繪本）

書名——There Is A Bird On Your Head!

作者——Mo Willems

ISBN——9781406348248

出版社——Walker Books

出版年分——2013

大象 Gerald 與小豬 Piggie 是最好的朋友，但彼此的個性卻相差甚遠：Piggie 活潑好動、輕鬆樂天，而 Gerald 態度嚴謹，常為小事憂心。

一隻停在 Gerald 頭上的小鳥，就讓他覺得心煩，而這隻鳥竟招來了伴侶，進而在頭上築巢下蛋，共組五口家庭，簡直讓 Gerald 煩心到極點，到底要怎麼樣小鳥才會搬家？

Piggie 在旁目睹一切，似乎在看一場好戲，一點也幫不上忙，直到最後出了個妙點子，終於幫 Gerald 解決了煩人的問題。

到底是什麼妙點子？最後的結局將引起讀者會心一笑。

家長小叮嚀

這本書就算去除所有文字，讀者看圖大概也可以猜到意思。也因為這樣的特性，家長在唸故事時可以嘗試大部分句子用英文，跟著劇情，手指圖片或做表情（比如唸到 a bird，就手指著小鳥），或是一句英文，一句中文。小孩已經知道故事後，第二次講述就可試試用全英文喔！

家長也可引導小朋友多觀察兩個主要人物的動作表情，這些豐富的表情絕對可媲美暢銷手機小貼圖。閱讀之外，學學這些肢體的擺放方式，大人小孩都可放鬆身心，另類體驗閱讀樂趣。

小書探尋寶趣

Elephant and Piggie 是一系列的作品，沒有華麗的畫風，只有線條勾勒的人物，以及人物間的對話方塊，每本都是匠心獨具的幽默小品。除 Elephant and Piggie 外，作者 Mo Willems 尚有 Pigeon 系列與 Knuffle Bunny 系列，都是不容錯過的親子共讀書。

Book 35（圖畫繪本）

書名——Grendel: A Cautionary Tale About Chocolate
作者——David Lucas
出版社——Walker Books
ISBN——9781406352542
出版年分——2014

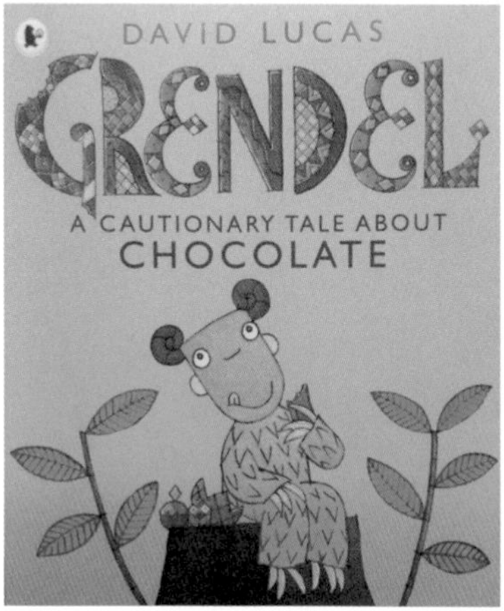

Grendel 愛他的媽媽，愛他的小狗，但他也非常非常愛吃巧克力。有一天，媽媽給他一顆巧克力蛋，Grendel 高興的來到自己的秘密基地，準備大快朵頤一番。突然，他發現蛋裡面有張紙條寫著：「你可以許三個願望。」Grendel 直覺就說出，他要更多的巧克力。

果然，話一說完，各種巧克力從天而降。Grendel 簡直不敢相信這是真的，這下，他要好好想一下如何許第二個願望。聰明的 Grendel 於是許下只要是他手指碰到的東西，都會變成巧克力！

一路上，他把「樹」變成巧克力、「路」變成巧克力、「大石頭」一樣變成巧克力！他欣喜若狂，直到心愛的小狗撲向他。

沒錯！小狗變成巧克力，媽媽一不小心也被變成巧克力。在大太陽的照射下，媽媽竟然開始融化了！

心慌意亂的 Grendel 這下該怎麼辦？現在他最恨的，就是巧克力了！突然他想到還有第三個願望……

聰明的小朋友，動腦想想看，如果你是 Grendel，將如何許這第三個願望？

家長小叮嚀

希臘神話中有個「點石成金」的故事。有位 Midas 國王許願得到一種魔力，凡手觸摸過的東西都會變成金子。

原本貪婪的國王很滿意自己的魔力與即將得到的傲世財富，但後來發現，這能力竟讓他連美食也無法吃，親人也碰不得，因此陷入痛苦的深淵。

作者在新創的故事《Grendel》中，帶入這個 Midas 神話元素，家長也可以向小朋友講述一下這個 Midas 國王的故事喔！

● 分級讀本

國內出版界有「橋梁書」一詞，主要用以形容銜接圖像閱讀至全文字閱讀的書種。這類書比起圖畫繪本，最大的不同就是插圖變少，文字變多了。對應英美出版品，大概就是所謂的讀本（Readers）與系列小說（Chapter Books）。

美國大出版集團都會出版別具特色的讀本系列，如 Random House 有 Step Into Reading，Penguin Group 有 Puffin Young Readers，Harper Collins

有 I Can Read，Simon & Schuster 有 Ready-to-Read，Scholastic 有 Hello Reader 等等。

此外，美系讀本通常會隨文字難易度分級（至少有 3 級），這類書的第一級雖然字數很少，卻不適合拿來給 0~3 歲幼兒閱讀。建議 0~3 歲小朋友挑開本較大、有豐富圖片的圖畫繪本來閱讀，會比較恰當。

英國童書出版社也都有自己的特色讀本系列，但英系讀本通常是在一個系列名下，出版社邀請不同作者為特定年齡層小孩創作故事，重點不在文字分級，在於讓孩子欣賞不同創作特色。

儘管英系、美系有些微不同，但相同的是，這些讀本主要為鼓勵孩子能邁向自信閱讀階段，一般比較適合 6 歲以上小孩閱讀。

Book 36（分級讀本）

書名——Don't Wake the Baby!
系列名——All Aboard Reading
作者——Wendy Cheyette Lewison
繪者——Jerry Smath
出版社——Grosset & Dunlap
ISBN——9780448412931
出版年分——1996

我們家有個新成員，他是個小嬰兒，他的手手好小，腳腳也好小，模樣真可愛！我想親親寶寶的鼻子，但媽媽說，這樣會吵醒他！可是外面車子按喇叭、電話鈴鈴響、鐵鎚敲敲敲、狗兒吠汪汪，都無法吵醒他。

突然，一隻小小蒼蠅飛過，寶寶竟然被吵醒了！他哇哇哭，奶瓶、娃娃，什麼都不要。一陣混亂後，猜猜是誰讓寶寶再次進入甜蜜的夢鄉？

Picture Reader 是 Penguin 出版的 All Aboard Reading 讀本系列中最初階的一級，每個故事僅有 24 頁左右，內容簡短但完整有趣。

這個系列應用一種 Rebus picture 閱讀法，亦即用圖像取代文字，藏於句子當中，讓小朋友看圖即可將故事情節猜出來。

這系列共有 21 個故事，每本書末還附有可剪下的字卡，一面是單字，一面是對應的圖案，幫助孩子在讀完故事後，輕鬆的記住與圖像連結的單字。

Book 37（分級讀本）

書名——Danny and the Dinosaur
系列名——I Can Read Level 1
作者——Syd Hoff
ISBN——9780064440028
出版社——HarperCollins
出版年分——2008

博物館中有很多新奇的東西，但 Danny 最愛的就是恐龍了！可惜博物館中的恐龍不是真的！誰說不是呢？博物館中不但有隻真恐龍，還願意陪 Danny 一起玩，更願意跨出博物館，去看看 Danny 所生活的世界。

於是他們展開了驚奇之旅，人們看見恐龍驚歎不已！而恐龍看見人們的世界，也處處感到好奇。善良的恐龍願意讓人們當天橋走，也願意幫老婦人提重物！

Danny 和恐龍一起吃冰，一起游河，一起來到動物園。有了恐龍，人們再也不看其他動物，管理員只好請他們離開。

Danny 帶恐龍去認識他的朋友，一起玩轉圈圈，一起玩捉迷藏！ Danny 雖然無法將恐龍當寵物養在家中，但他們一起度過的歡樂時光將讓他回味無窮，而恐龍也度過了百萬年來最快樂的一天！

家長小叮嚀

I Can Read 是 HarperCollins 集團出版的讀本系列，從 1957 年開始一直陸續出版新的書目，當中有很多得獎作者、著名經典及有趣的人物。書籍共分成 My First、1、2、3、4 等 5 個級數。

這個讀本系列的特色是「故事性」強，多為作者的自由創作，分級只是參考，並沒有很清楚依文字字數與難易度來分級。

所以編者在給家長的信中有提到，有的小孩會在各級數中自由穿梭，選擇喜歡的作品來讀，當然也有人會照級數閱讀。

推薦這個系列的前 3 個級數，很多書目保有繪本的插畫精緻度與故事精彩度，讓孩子更容易從繪本共讀，跨入自我閱讀的階段。

Book 38（分級讀本）

書名——Olivia Trains Her Cat

系列名——Ready-to-Read, Level 1

作者——Sarah Albee

繪者——Joe Purdy

出版社——Simon Spotlight

ISBN——9781416982968

出版年分——2009

Francine 說自己的貓不但會跳躍，還會用後腳走路！同學驚呼連連。

不服氣的 Olivia 於是說，自己的貓 Edwin 也會玩很多把戲，還會跳芭蕾舞呢！剛好老師聽到，就決定來個班級寵物秀。Olivia 趕緊回家訓練貓咪，但令人失望的是，Edwin 似乎只會睡覺，根本不會玩任何把戲！

這下該怎麼辦？ Daisy 帶倉鼠表演吃紅蘿蔔，Harold 的鸚鵡會說 Hi，輪到 Olivia 了，Edwin 果然沒有奇蹟發生，Olivia 只好請牠表演……睡覺與打呼！

雖仍獲得掌聲，但最後還是由 Francine 的貓奪得冠軍。然而 Edwin 真的什麼都不會嗎？或許某些狀況下會有奇蹟！

小書探尋寶趣

Ian Falconer 創作了一系列以 Olivia 小豬為主角的繪本，有《Olivia》、《Olivia Saves the Circus》、《Olivia and the Missing Toys》……等等，每一本都受到大小讀者喜愛。

之後改編成卡通動畫，Olivia 讀本則是以動畫版形象發展出來的短篇小故事，收錄在 Ready-to-Read 讀本系列的 Level 1 中。

出版社更將 Level 1 中 6 本 Oliva 的小故事，特別用盒子包裝起來，取名 Olivia Loves to Read，以近乎 5 折的優惠定價回饋家長。小讀者對於 Olivia 的喜愛，更能強化主動閱讀的意願。

● 系列小說

Chapter Books 可以說是讀本再進階，很多系列小說要好幾頁才有一個插圖，而大部分系列小說也從彩色印刷變成黑白印刷。

系列小說用非常流暢與簡單的文字寫成，字體大、行間距也大，多為固定主角，內容以冒險、偵探、校園、奇科幻等類型最受小朋友歡迎。小朋友一旦對故事產生興趣，就會一集一集看下去，不知不覺中就養成固定閱讀習慣，也為邁向更長篇的閱讀奠定穩固基礎。

這個階段推薦的系列小說，頁數約在 60~100 頁之間。

Book 39（系列小說）

書名——Nate the Great
作者——Marjorie Weinman Sharmat
繪者——Marc Simont
出版社——Yearling
ISBN——9780440461265
出版年分——1977

Nate the Great 是個愛吃煎餅的小偵探，喜歡幫人尋找失物或解決疑難雜症。冷靜的思考，細心的觀察，邏輯的分析，讓他偵破過很多懸案。

而這天，他接到 Anni 的緊急來電，希望 Nate 能幫她找到失蹤的畫作。Nate 曾找過失蹤的書、氣球以及金魚，找張畫當然沒問題。

來到 Annie 家，他仔細問了問題，原來 Annie 要找的是一張狗的畫像。他發現 Annie 喜歡黃色，相信她畫的狗也是隻黃狗。

Nate 抽絲撥繭列出可疑的 3 位嫌犯：小狗 Fang、朋友 Rosemond，還有弟弟 Harry。當讀者還是一頭霧水時，Nate 已經找到答案，他說圖畫已經消失，變成另一幅畫？

這究竟是怎麼回事？看著 Nate 的敘述，讀者是否也已猜到答案？

Nate the Great 系列出版近 40 年，目前有 26 本書目。簡單文字加上偵探情節，幽默對話與理性分析，都是吸引孩子目光的元素。很少人能用如此淺顯易懂的文字，架構出複雜有趣的故事情節，每本約僅有 60 多頁，可說是最初階的系列小說。

對 Nate the Great 有興趣的小讀者，可以上官網取得更多訊息喔！
http://www.randomhouse.com/kids/natethegreat/

Book 40（系列小說）

書名——Magic Tree House#1: Dinosaurs Before Dark
作者——Mary Pope Osborne
出版社——Random House
ISBN——9780679824114
出版年分——1992

Magic Tree House 系列主要描述一對小兄妹 Jack 跟 Annie 的冒險故事。

這對小兄妹在森林裡發現了一個堆滿書的神奇樹屋，Jack 翻閱一本有關恐龍的書，指著書上的翼龍驚嘆道：「真希望能看到活生生的翼龍！」

沒想到神奇的樹屋就開始旋轉，樹屋停止後，窗外的世界不再是茂密的森林，而是 60 萬年前的恐龍時期，小兄妹於是開始了他們史前時代的冒險之旅！

之後小兄妹利用樹屋到了中古世紀探訪武士，到古埃及找尋木乃伊，與日本忍者碰面，參與美國內戰，一遊北極、亞馬遜……每次的冒險故事都精彩無比。

故事主角 Jack 有科學家的精神與理性的頭腦，對沿途遇到的人、事、物，都以筆記的方式，重點式的記錄下來。神奇的樹屋就好似一部時光機器，帶領讀者以故事的方式，透過 Jack 的筆記了解不同時代的文化背景。

而 Annie 的感性與勇於嘗試的精神，更增添故事的精彩度。此系列的英文淺顯易懂，有很多不超過 5 個字的簡單對話，但真正吸引小讀者的還是精彩刺激的冒險情節。此系列目前已經出版到第 52 集。

小書探尋寶趣

與 Magic Tree House 文字難易度相仿的系列有 Mavin Redpost、Junie B. Jones、A to Z Mysteries、Andrew Lost、Flat Stanley、Cam Jansen、Horrid Henry……等等。每個系列都有不同特色喔！

註 8：有位大學外籍英文老師提供一種修正發音的方式，就是把自己唸英文的聲音錄起來，再反覆播出來聽看看，很容易就能發現自己發音上的缺點，並於練習後矯正。我個人覺得此方式非常有用，也曾用來教導過小朋友，得到不錯的成效，提供給讀者參考。

Chapter 4

自信邁向自我閱讀！
英文閱讀第三階段 9~12 歲

這個階段的小朋友已經具備一定程度的認字能力，也接受了學校的英文教育，大部分的小孩都具有自我閱讀的能力了。每個小孩的個性不同，有的雖然能自行閱讀，但仍喜歡聽爸媽講故事；有些則展現十足的獨立性，挑書、讀書都不希望家長陪。

這階段父母的角色變輕鬆了，感覺只要幫孩子選好書，沒有陪讀的壓力，基本上應該是一路順暢，等著驗收多年辛苦的成果。但還是有大環境的因素，如學校課業壓力、英文考試成績不理想等等，迫使孩子把時間花在其他地方，進而讓孩子在這個階段放棄了英文閱讀。距離終點就只剩下最後一哩路，家長一定要有堅持到底的決心。

不易察覺、無法量化的英文軟實力

小孩開始上小學，同儕與家長之間會有比較，學校隨時也會發回大、小考試卷讓小朋友訂正，並請家長在考卷上簽名。大部分家長都重視學科成績，如果閱讀很多英文書，卻無法反應在學校英文考試上，家長難免產生質疑，並轉向把時間花在補習文法、作文，或是勤做練習題上。

然而，持續的英文閱讀不但能讓小孩學得很快樂，同時也讓小孩累積了一些不易察覺、無法量化的英文能力，雖然這些能力並不一定能在考試拿高分。讓我舉幾個自家發生的例子，說明這所謂不易察覺、無法量化的英文能力。

有一次，我家老大學校教文法 Past Particle，就是把規則動詞 +ed 變成過去式、被動式或形容詞使用。小孩看來似懂非懂，我一時興起，請孩子舉幾個動詞為例。結果小孩舉 beach 為例，將 beach 改成 beached。

我笑了笑說：「beach 是名詞，海灘的意思。」

但他說：「也可以加 ed 呀！如 The whale is lying beached in the bay.」（中文意思為：「鯨魚在海灣擱淺了！」出自 Julia Donaldson 創作的圖畫書《The Snail and the Whale》。）我家老大講得出原句，卻不知自己為何知道這個句子。

又有一回，哥哥班上小朋友不喜歡老師的上課方式，將事實告訴老師，老師竟然在課堂上生氣發飆。當天哥哥在每日的小記中寫下事情發生的經過，最後用 2 句英文做了結尾：「Sometimes the truth is difficult to chew, but we can make it easier to swallow.」

這句英文原句出自《The Honest-to-Goodness Truth》一書（作者 Patricia C. Mckissack，繪者 Giselle Potter）。原句是：「The truth is often hard to chew. But if it is sweetened with love, then it is a little easier to swallow.」

意思是老師教得不好，大家誠實反應，老師很難吞下這事實，但講的方式如果委婉一點，就不會那麼難接受。

還有一回，學校作業請小朋友舉幾個動物相關單字，並延伸介紹該動物的大小、顏色、特色等。其中有個類似的例句可參考：「My Favorite animal is rabbit. It is small. It is white. It likes to eat carrots.」

然而，我無意中看到小孩寫的動物是：archerfish、platypus、plankton、squid、meerkat 之類的單字。因為我期待看到的會是 bear、panda、pig、dog……等字，所以當時有些驚訝。

我不服氣，問他如何知道 plankton 這個字？（查字典是一種浮游生物）。原來，海綿寶寶中的「皮老闆」，名字就是 Plankton，書店有銷售《SpongeBob》的小讀本，他就是從書中看來的！而《Meerkat's Mail》一書中講述小狐獴 Sunny 冒險故事的同時，也介紹了 Meerkat 這種動物。《Squids Will Be Squids》則是 Jon Scieszka 與 Lane Smith 合作的一本知名繪本。

從孩子身上自然而然迸出的這些單字與句子，應用得如此之巧妙，讓我感到驚奇。事實上，我的小孩不是個案，門市的小客人中發生過很多類似的驚奇。

有客人告訴我，他小孩拉提琴時，老師正要解釋一些樂理相關的原文單字，沒想到這些連大人都很難背起來的單字，小孩竟然猜得到意思，事後問小孩，小孩說是從某某書上看到的。也有小孩一下子可以寫出上百個跟「食物」相關的單字，其中有很多字連英文老師也得去查字典。

維持英文閱讀習慣的小孩，最大的特色就是可以自然而然記住很多的單字，還擁有一種天然的「語感」。雖然文法概念迷迷糊糊，但還是可以從「多唸幾次」的過程中，選到正確的答案。

事實上，家長根本不用擔心，考試要拿高分是可以練習的。已經有閱讀基礎、擁有龐大英語資料庫的小孩，經過練習並專心答題，拿高分不是問題。而沒有「資料庫」的孩子，只能在某些特定題型中取巧，遇到詭異多變的試題，恐怕也無法應付。

該不該查字典？

9 歲以上孩子的閱讀，還有一件值得一提的事，就是別叫小孩查字典！這階段適讀的書籍，文字更多了，大人可能會質疑字那麼多，總有不認識的吧？不查字典看得懂嗎？

我想請家長反思自己的閱讀行為，自己看報紙、看金庸小說，是否有不認識的字？會不會停下來查字典呢？查字典仍是必要的，但盡量讓它發生在屬於學習的場合與情境。

別小看小孩「猜」的能力，也別把自己英文學習經驗硬套在小孩身上。傳統的英文學習方式，讓我擁有近 20 本不同功用的字典，我自己看書也習慣邊看邊查字典。當我看到小孩跟我看同一本小說，可以不用正襟危坐，不用起身查字典，不時還發出噗哧笑聲，我雖然羨慕到不行，卻也懷疑他到底看懂了沒有？

後來想想，他看他可以看懂的部分，閱讀的過程讓他感到輕鬆愉悅才是比較重要的。更何況，停下來查「英漢」字典，查到的漢字以他的年齡多半也沒學過而無法理解；查「英英」字典，英文解釋中也還是有不懂的單字要查。如此來說，查字典這個動作其實是無意義的。就讓小孩享受單純的快樂吧！

適合 9~12 歲閱讀選書

閱讀第三階段 9~12 歲適合的書種包括：圖畫繪本、分級讀本、系列小說、青少年小說、科學 / 數學讀物。

● 圖畫繪本

在浩瀚的圖畫書領域中，有很多適合 9~12 歲孩子閱讀的書目，比起之前的選書，文字變多、變難是確定的，但卻不是選書的唯一標準。一些字數適中但主題能刺激思考、引發討論，或能搭配小孩身心發展，更適合挑選閱讀。

如這邊舉例的 4 本書，主題分別是「成績單」、「克服恐懼」、「世界觀」，以及「性教育」。當然，小小的幽默感還是吸引小孩不可或缺的元素之一。

Book 41（圖畫繪本）

書名——Big Bad Bun
作者——Jeanne Willis
繪者——Tony Ross
出版社——Andersen Press
ISBN——9781842709450
出版年分——2010

「親愛的爸媽，當你們看到這封信時，我已經離家出走，我將會跟一群混混朋友住在垃圾場中。我的朋友自稱是『地獄兔』，但他們給我取名『無敵大壞兔』……。」

這到底是怎麼回事？原本乖巧的小兔子，血淚訴說著自己如何通過考驗成為地獄兔的一員：走鋼索、泡在牛大便中、染兔尾、穿耳洞、不洗臉、熬夜、惡作劇、飆車、打群架……。

更嚴重的是，小兔子現正與人火拚當中，或許即將被砍殺而死，這將讓疼愛他的爸媽情何以堪？

信寫這裡，正當讀者同情小兔子遭遇的同時，突然，信中竟說以上劇情純屬虛構。原來小兔子正安穩的待在奶奶家中，而捏造故事的信只是要提醒爸媽，世界上有很多可悲、可怕的事件，勝過他藏在枕頭下的……成績單。

Don't worry the red blobs on this page are just jam . . . I HOPE.

I must dash. If you never see me again, please give my baby sister a kiss, and try not to blame yourselves.
Your loving son,
BIG BAD BUN (once known as Fluff)

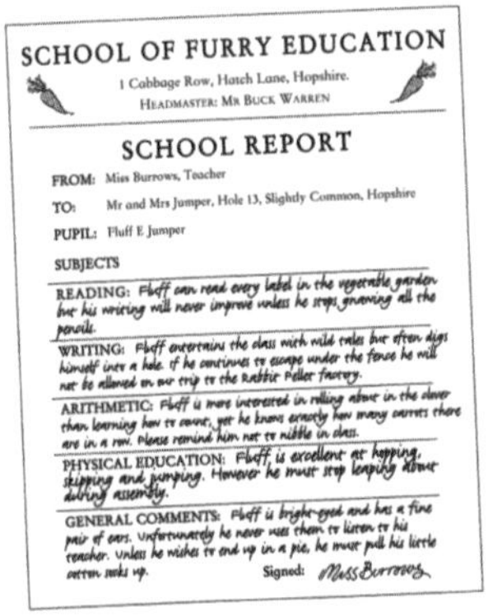

SCHOOL OF FURRY EDUCATION

1 Cabbage Row, Hatch Lane, Hopshire.

HEADMASTER: MR BUCK WARREN

SCHOOL REPORT

FROM: Miss Burrows, Teacher

TO: Mr and Mrs Jumper, Hole 13, Slightly Common, Hopshire

PUPIL: Fluff E Jumper

SUBJECTS

READING: Fluff can read every label in the vegetable garden but his writing will never improve unless he stops gnawing all the pencils.

WRITING: Fluff entertains the class with wild tales but often digs himself into a hole. If he continues to escape under the fence he will not be allowed on our trip to the Rabbit Pellet factory.

ARITHMETIC: Fluff is more interested in rolling about in the clover than learning how to count, yet he knows exactly how many carrots there are in a row. Please remind him not to nibble in class.

PHYSICAL EDUCATION: Fluff is excellent at hopping, skipping and jumping. However he must stop leaping about during assembly.

GENERAL COMMENTS: Fluff is bright-eyed and has a fine pair of ears. Unfortunately he never uses them to listen to his teacher. Unless he wishes to end up in a pie, he must pull his little cotton socks up.

Signed: Miss Burrows

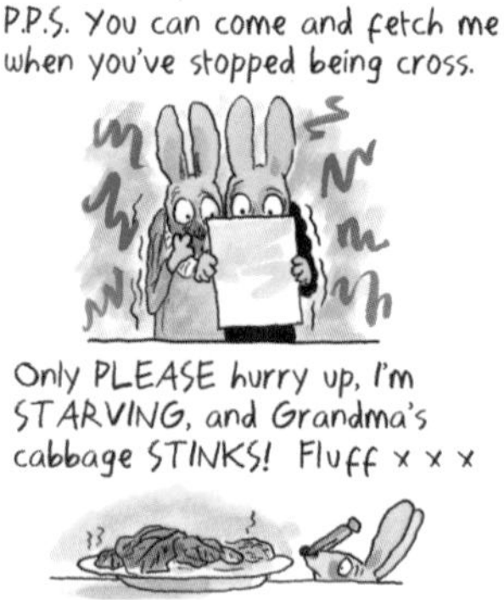
P.P.S. You can come and fetch me when you've stopped being cross.
Only PLEASE hurry up, I'm STARVING, and Grandma's cabbage STINKS! Fluff x x x

家長小叮嚀

小朋友是不是曾經有不敢把成績單拿給爸媽看的恐懼呢？小兔子成績單中的評語，是否讓你有似曾相識的感覺？親子共讀此書，將為這可能發生的窘境，做最幽默的解套。

Book 42（圖畫繪本）

書名——Little Mouse' s Big Book of Fears

繪者——Emily Gravett

出版社——Macmillan

ISBN——9780230016194

出版年分——2008

LITTLE MOUSE'S
Emily Gravett's
Big Book
of Fears

小老鼠自述害怕很多的事情，牠怕蜘蛛、怕床底下有怪物、怕銳利的刀、怕發生意外、怕噪音吵、怕孤單、怕黑、怕迷路、怕貓也怕狗……

事實上，小小的老鼠幾乎什麼大小事都害怕，但牠卻沒想到萬物之靈、高高在上的人類……竟然怕老鼠！

看似單純的一個反諷故事，卻在作者的巧思設計下，藏著很多意想不到的閱讀驚奇！

首先，書的封面及內頁有挖洞設計，還有多張內頁都有不規則的鋸齒裁切痕，營造一種書被老鼠啃食的痕跡，讓讀者身歷其境般感受到小老鼠的存在與恐慌。

另外，作者用手繪、電腦合成以及拼貼的技巧，創造出引發小老鼠恐懼的情境氣氛，如老鼠怕尖刀，頁面即由「報紙」、「馬戲團海報」、「祝福卡片」等拼湊而成，上面密密麻麻的文字並非沒有意義，而是互相串連。

仔細閱讀，即可知道為何老鼠害怕尖刀。

而老鼠怕迷路的場景，則附有一份小島觀光地圖，眼尖的讀者攤開後是否發現小島的形狀跟老鼠怎麼那麼形似？細心觀察，每個場景好似又引領讀者進入另一個故事的閱讀。

而每一頁的上方都有一個方形圖騰加上文字註解，用來表示某種特定的恐懼。英文字尾 phobia 意為「恐懼」，書中有 Aichmophobia（Fear of knives）、Hydrophobia（Fear of water）、Ligyrophobia（Fear of loud noises）……等等，讓人不得不佩服作者的文字功力。

在還沒進入故事前，印滿圖騰的頁面中有一段引言，上面說每個人都有害怕的東西，而藝術與塗鴉能幫助克服害怕的情緒。作者在此書的每一頁都留有空白空間，鼓勵讀者如有恐懼可大膽的記錄下來，因為 A fear faced is a fear defeated.（面對恐懼就能克服它。）本書榮獲 2008 年 Kate Greenway 金牌獎。

小書探尋寶趣

另一本姊妹作 Little Mouse's Big Book of Beasts 於 2013 年出版，同樣的小老鼠這次發現一本書，書中充滿了令人懼怕的猛獸，小老鼠要如何克服心中恐懼？ Emily Gravett 高超的設計與拼貼技巧，字裡行間浮現的小幽默，再次讓讀者進入動手與動腦的閱讀想像中。

Book 43（圖畫繪本）

書名——Madlenka
作者——Peter Sis
ISBN——9780312659127
出版社——Square Fish
出版年分——2010

小女孩 Madlenka 住在紐約市，從出生那一天開始，就一直住在同一個小社區中。她認識同街區的每一位鄰居，而鄰居也看著她長大。

有一天，她發現自己牙齒開始搖動，看來就快要掉牙了！掉牙等於是長大，Madlenka 迫不及待的想跟每一位社區朋友分享這何等的大事！

首先，她遇到法國烘焙師傅，他店裡的蛋糕造型有著濃濃的法國味。接著，她向印度書報攤老闆問好，之後陸續遇到賣義大利冰淇淋的先生、坐在窗邊的德國女士、拉丁美洲蔬果店老闆，以及開亞洲雜貨店的婆婆，大家都感受到 Madlenka 的熱情，也分享了她的喜悅！

看似簡單的文字與故事，背後帶出的文化意涵卻是相當有深度。從各國的招呼語開始，文圖交織出代表各個文化的古蹟、建築、飲食、童話、人物、動植物等等。

如法國蛋糕店中的蛋糕造型有巴黎鐵塔、聖母院、蒙馬特等，而義大利有披薩、冰淇淋、義大利麵，德國有小紅帽、白雪公主、布萊梅樂隊以及披頭散髮的比德等等。書中人物 Madlenka 在社區逛了一圈，也彷彿帶領讀者環遊了世界！

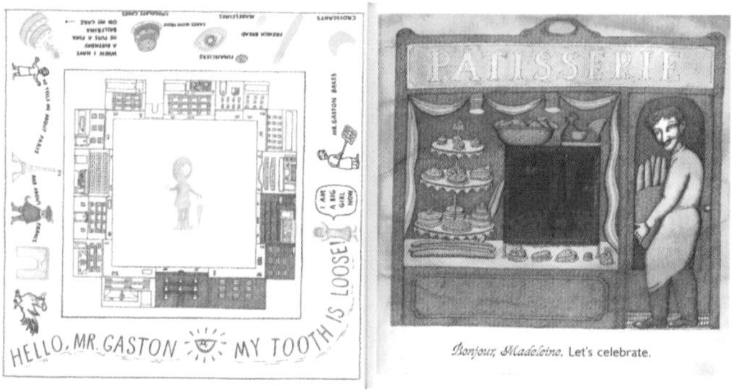

家長小叮嚀

如單單以故事內容來說，這本書也適合 4~8 歲閱讀，但論究起背後的文化意涵，恐怕連大人都要研究半天呢！建議共讀時先以欣賞故事為主，唸完故事後，再一起觀察作者精心繪製的插畫，看能從中發現多少隱藏在畫中的圖像，以及該圖像所代表的意義。也建議每隔一段時間就再拿出來品味一番，隨著孩子年齡增長，知識的增加，或出國經驗增多，更能瞭解作者的巧思安排。

Book 44（圖畫繪本）

書名——Where Willy Went…
作者——Nicolas Allan
出版社——Red Fox
ISBN——9780099456483
出版年分——2006

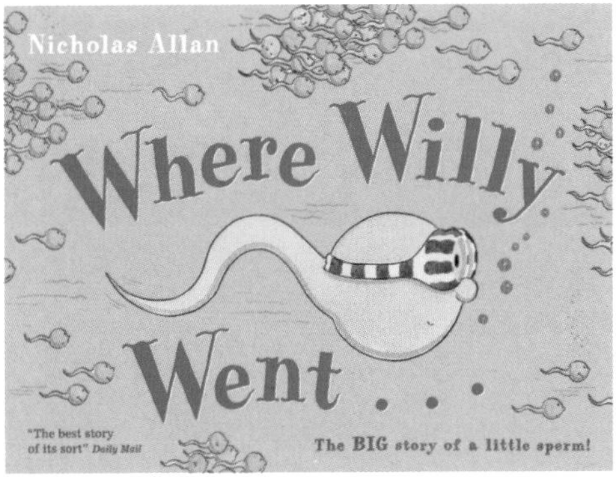

威利是隻小小精子，與其他 30 億個兄弟一起住在同一個地址，他不擅長算術，卻非常會游泳，但其他人的泳技也不差，最好的朋友 Butch 速度跟他也不相上下。

於是威利每天勤奮的練習，就是想在游泳大賽那一天，得到首獎 —— 一顆住在布朗太太身體中非常漂亮的卵。

當偉大的競賽日子來臨，所有參賽選手都配有蛙鏡及 2 份地圖，透過地圖先了解路徑，才知道終點在哪裡。

威利卯足全力拚命往前衝，終於奪得第一名。之後，布朗太太家新誕生的小女孩，名字叫 Edna。奇怪，威利哪去了？在小朋友發現 Edna 一樣不會算數學，卻很會游泳的同時，或許心中已有了答案。

隨著孩子年紀稍長，家長一定會被問到小寶寶從哪來的類似問題。如何跟孩子解釋簡直難倒所有家長。但 Nicolas Allan 用非常幽默風趣的文字敘述，搭配卡通式的插畫，為尷尬的性教育問題提供了很好的解說方式。

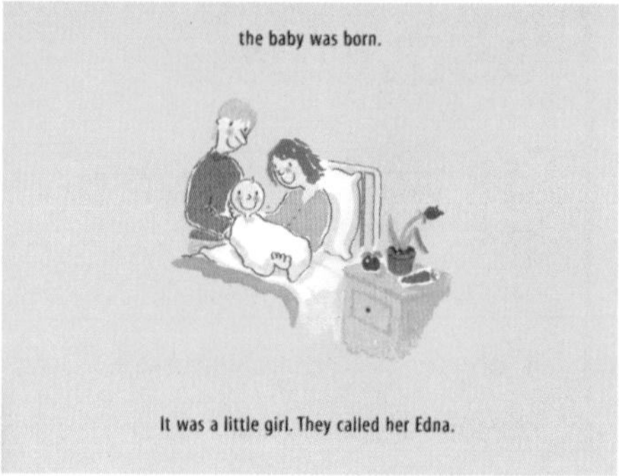

小書探尋寶趣

其他性教育相關繪本有 Babette Cole 的《Mommy Laid An Egg》以及《Hair in Funny Places》也很值得參考。

● 分級讀本

大部分出版社第三級以上的分級讀本，除原來故事主題外，也開始涵蓋一些歷史、地理與人物的描寫，大都適合 9 歲以上的小朋友閱讀。孩子可在第三級中挑選有興趣的主題閱讀，當覺得閱讀速度變快，讀起來變輕鬆時，即可考慮挑選第四或第五級的書目。

Book 45（分級繪本）

書名——Clara And the Bookwagon

系列名——I Can Read Level 3

作者——Nancy Smiler Levinson

繪者——Carolyn Croll

出版社——HarperCollins

ISBN——9780064441346

出版年分——1991

小女孩 Clara 很想讀書識字，但家裡附近並沒有任何學校！她喜歡幻想，也喜歡每個週日到教堂聽故事。

Clara 努力工作，幫忙家計，最大的願望就是能讀書識字！但爸爸卻說，那是有錢人家的專屬權力，對於住在偏遠鄉下，務農為生的農人家庭，那幾乎是不可能的事！

直到有一天，Clara 遇到一位駕著一輛裝滿圖書的馬車來到附近的女士，從此改變了她的生活與視野！

行動書車開往偏鄉鼓勵閱讀的構想一度在台灣引發討論，也有人付諸實行。而這個故事以真人故事改寫，講的正是 1905 年美國第一輛行動書香馬車的故事。

當時馬里蘭州的公共圖書館長 Mary Titcomb 希望農家小孩也有識字讀書的機會，於是將馬車改裝，載運了滿滿的書到偏鄉為孩子服務，成為美國第一輛行動書車，她的善心與熱情永被後世仿效與感念。

家長小叮嚀

I Can Read 系列的 Level 3，文字其實比一般讀本的 Level 3 還簡單一些，但因為很多書目都跟美國一些歷史事件有關，難理解的是故事後的文化時空背景，而不是文字本身。

家長可讓小孩單純讀故事即可，如果發現小孩對故事背後的歷史事件有興趣，再進一步引導小孩找資料閱讀。

Book 46（分級繪本）

書名——The Fly On the Ceiling
系列名——Step Into Reading Step 4
作者——Dr. Julie Glass

繪者——Richard Walz
出版社——Random House
ISBN——9780679886075
出版年分——1998

大家或許認識法國哲學家迪卡兒和他的哲學名句：「我思，故我在。」但鮮少人知道他還是發明數學座標的天才。這本小讀本以非常幽默的方式，敘述笛卡兒如何發明了座標。

原來，迪卡兒是個不修邊幅的人，東西亂放亂塞，之後就找不到了。丟東西的問題越來越嚴重，他要去塞納河畔思考一下如何解決，想得太入神，一不小心跌落河裡，染上了風寒。他回到家既找不到手帕，也找不到毯子，只能失落的蜷曲在床上休息。

突然，天花板上來了一隻蒼蠅，飛來又飛去。愛思考的笛卡兒想著：「我怎麼才能知道蒼蠅是否會停在同一地點 2 次？」「我要如何記錄蒼蠅的位置呢？」

就這樣，他在天花板上畫上了直線與橫線，並標註了數字，如此便可標出蒼蠅的位置。例如：The Fly is six over, three up (6,3)。用座標註明物品位置的方法，從此解決了他丟東西的問題。

作者後註說明故事情節有部分是加油添醋而成，但卻能讓讀者以更輕鬆的角度認識這位偉大的哲學家與數學家。

家長小叮嚀

Step Into Reading 讀本系列，依文字難易度共分成 5 個級數，本作品級數為第四級。在該系列第四、五級中，對許多歷史事件與著名人物有所著墨，如被火山爆發瞬間毀滅的龐貝城、鐵達尼沈船意外、海倫凱勒奮鬥史等等，相較於其他讀本系列，出版的書目比較多，能引發孩子興趣的主題也多。

選讀這系列讀本，一方面不只獲得知識，也能在不知不覺中漸漸提升閱讀功力。

● 系列小說

曾遇過國內一所知名私校的圖書館館長，因感受到校內小學生對系列小說的喜愛，讓推廣閱讀變得很輕鬆，於是蒐羅 100 種以上的系列小說供學校學生閱讀。可見系列小說對啟發孩子獨立閱讀有很重要的地位。

上一階段介紹的系列小說篇幅較短，約在 60~100 頁之間，而這個階段的系列小說，篇幅則介於 100~200 頁之間。相較於一般自由創作的青少年小說，系列小說在文字使用上還是比較簡單而容易閱讀。

Book 47（系列小説）

書名——Stink: The Incredible Shrinking Kid

作者——Megan McDonald

繪者——Peter H. Reynolds

出版社——Walker Books

ISBN——9781406346695

出版年分——2013

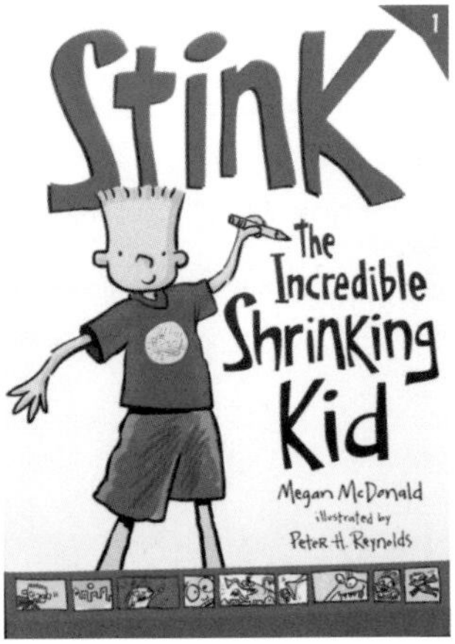

Stink 是家中成員中最矮小的一個。事實上，他也是二年級班上所有同學中身高最矮的！他悲觀的想，或許他也是全世界最矮的二年級生！

Stink 比姊姊 Judy Moody 矮上一個頭，他每天請姊姊幫忙量身高，但怎麼量就是一點長進也沒有，沒高 1 公分，連多長一根毛也沒有！ Stink 真是懊惱極了！

身高問題困擾著他，他嘗試吃傳説中會增高的食物，結果過了一晚，不但沒長高，竟然還變矮。而老師當天上課教 Shrink（縮小）、Shrank、Shrunk 的時態變化，就好像在諷刺他的身高一樣。唉！到底 Stink 要怎樣才能擺脱長不高的惡夢？

但 Stink 其實是個正向活潑的小孩，他採用樂觀的態度看待自己的缺點，也用好奇的心去探索周遭世界，讓這個「小」小孩的大冒險故事吸引著無數小讀者的目光。

小書探尋寶趣

Stink 系列文本中有插圖，也會有漫畫，目前出版 10 個書目，篇幅約在 110~180 頁之間，新書目陸續出版中。而以他的姊姊 Judy Moody 為主角的系列小說，也很推薦閱讀。

Book 48（系列小說）

書名——Sideways Stories From Wayside School
作者——Louis Sachar
出版社——HarperCollins
ISBN——9780380698714
出版年分——2003

這是一本內含 30 個小故事的章節小說，內容敘述一所奇特的小學原本應該在平面一樓蓋 30 間教室，卻陰錯陽差的變成有 30 層樓、每一層樓僅有 1 間教室的學校。不僅學校建築有些怪異，裡面的師生也都性格獨特，讓人印象深刻。

首先登場的是第三十層樓教室的老師 Mrs. Golf，據說是全校最卑鄙的老師，長長的舌頭、尖尖的耳朵，擁有把人變成蘋果的魔力，只要她動動右耳，再動動左耳，吐出舌頭，不喜歡的學生就一個個變成蘋果。

最後 Mrs. Golf 雖然把學生從蘋果變回人，卻不小心照到鏡子把自己變成了蘋果，而另一位進教室察看的老師正巧肚子餓，竟把蘋果吃下肚⋯⋯。隨著 Mrs. Golf 消失，第二章代課老師 Mrs. Jewls 登場了。

就這樣，每一章介紹一個人物，每節以 3~5 頁的篇幅，敘述該號人物的特色與發生在他身上的荒誕事跡。

作者淺顯易懂的文字，似真似幻的場景描述，天馬行空的想像發揮，大人或許不欣賞這種黑色幽默，但絕對能滿足小學生的閱讀胃口。

小書探尋寶趣

雖然當初作者並沒有想把個故事出版成系列小說，但隨著 Sideways Stories 大受歡迎，Louis Sachar 用同樣的寫作手法，陸續出版了《Wayside School Is Falling Down》、《Sideways Arithmetic From Wayside School》、《More Sideways Arithmetic From Wayside School》，以及《Wayside School Gets A Little Stranger》。

作者另外以小學三年級生為主角，創作了 Marvin Redpost 系列，全系列共有 8 集，對小學生的心理與行為描述，有非常深刻有趣的觀察。

● 青少年小說

在國外出版品還沒大量引進的年代，要閱讀英文小說，專家學者可能會推薦文學評價很高的經典小說。全美最大出版集團 Pegnuin Random House 有出版 Penguin Classics 系列，其中推薦必讀的 10 本經典有《Jane

Eyre 簡愛》、《Moby Dick 白鯨記》、《Pride and Prejudice 傲慢與偏見》、《The Odyssey 奧迪賽》等等。

這些經典雖然都是很棒的必讀作品，但兒童剛進入小說閱讀的領域，我個人認為不適合從這些經典開始閱讀。

這些書之所以稱之為經典，必有精彩的文句、獨特的敘事結構與筆法，比較適合在學校老師指導下閱讀，或是年紀大一點再來欣賞。相較於經典，生活小幽默、校園故事，含有冒險、奇科幻以及偵探元素的青少年小說，還是比較能吸引 9~12 小孩的目光。

建議小讀者可以從以下 4 類推薦讀物開始閱讀：Roald Dahl 作品、Andrew Clement 校園小說、紐伯瑞得獎作品，以及拍成電影的暢銷小說。而在這 4 類下的一些書目，經常出現在各級學校的暑期／寒假閱讀書單中，如《Holes》、《Charlie and Chocolate Factory》、《Frindle》、《Hatchet》……等等，這些書儼然也成為現代青少年必讀的經典。

Book 49（青少年小說）

書名——Esio Trot
作者——Roald Dahl
作者——Quentin Black
出版社——Puffin
ISBN——9780142413821
出版年分——2009

Esio Trot 是什麼意思呀？我們把字倒過來拼「Tortoise」，就不難發現這故事或許跟烏龜有關！是的，Esio Trot 是一句神秘的咒語，多年來，Hobby 先生一直暗戀住在樓下的鄰居 Silver 女士，但因為生性害羞，總是苦無機會鼓起勇氣向對方表白。

默默觀察對方後，Hobby 先生發現 Silver 女士相當在意自己所養的寵物龜，於是心生妙計，決定從照料這隻寵物龜下手，最後終於追求到心儀的另一半。

到底是什麼樣的方法，能讓烏龜不斷的長大？

小書探尋寶趣

羅德．達爾（Roald Dahl, 1916~1990）是英國近代傑出的作家，作品種類眾多，有兒童小說、成人小說、詩歌、劇本等等，其中兒童小說部分，有短篇與長篇，書籍封面與內頁都由 Quentin Blake 繪製插畫，形成一種特有的作品風格。

羅德．達爾的許多兒童長篇作品都拍成了電影，其中以《Charlie And Chocolate Factory》（即《巧克力冒險工廠》）最為知名，可說是作者最具代表性的作品。

建議讀者可從短篇的小品開始閱讀，如這邊推薦的《Esio Trot》、《Magic Finger》、《The Giraffe And Pelly and Me》、《Fantastic Mr. Fox》等，之後慢慢開始嘗試《Charlie and Chocolate Factory》、《James and the Giant Peach》、《The Witches》、《 Matilda》、《BFG》等較長篇的作品。

儘管有些文學批評者認為羅德・達爾作品中的黑色幽默與暴力元素有點兒童不宜，但事實上，兒童讀者卻酷愛他編造的想像世界、人物角色、緊湊的情節，以及意想不到的結局。

Book 50（青少年小說）

書名——The School Story
作者——Andrew Clements
出版社——Atheneum Books
ISBN——9780689851865
出版年分——2002

Nathalie 是一位年僅 12 歲卻才華洋溢的小女孩，有著非常好的文筆，而她正著手創作一部小說作品。

雖然看過手稿的人都驚為天人，認為只要出版一定能成為暢銷書，但問題是有哪家出版社會願意幫一位 12 歲的小孩出書？

Nathalie 媽媽其實是一位編輯，任職於一家知名的青少年出版社，Nathalie 或許可以找媽媽幫忙，但她想靠自己的實力，也不想造成媽媽的困擾。

於是好朋友 Zoe 建議 Nathalie 用筆名投稿，自己也用假名當起 Nathalie 的經紀人。

只是這樣還不夠，Zoe 進一步尋求老師幫忙、租下簡易商辦，成立 Sherry Clutch Literary Agency，一場逐夢踏實的冒險旅程正要展開……。

書中人物雖然是虛構的，但對出版流程的敘述，從作者的構思、經紀人的努力、投稿、簽約、編輯、出版、公關等等過程，都非常貼近真實面貌，閱讀欣賞故事的同時，也等於對出版產業有了更進一步的了解。

小書探尋寶趣

Andrew Clements 擅長寫校園故事，暢銷的書目有《Frindle》、《Report Card》、《No Talking》、《Lunch Money》等等，書中主角年紀都是國小中高年級，個個思考敏捷、機智過人，鬼靈精怪的行徑，深得小學生的共鳴。Andrew Clements 的校園故事中，不免都要提到學制、課程規畫、教學資源、考試制度、上課狀況，以及老師的教學態度與對學生的輔導方式等等，想了解美式教育的家長與小讀者，也可從中窺知一些文化與制度上的異同。

Book 51（青少年小說）

書名——From the Mixed-Up Files of Mrs. Basil E. Frankweiler

作者——E . L . Konigsburg

出版社——Atheneum Books

ISBN——9781416949756

出版年分——2007

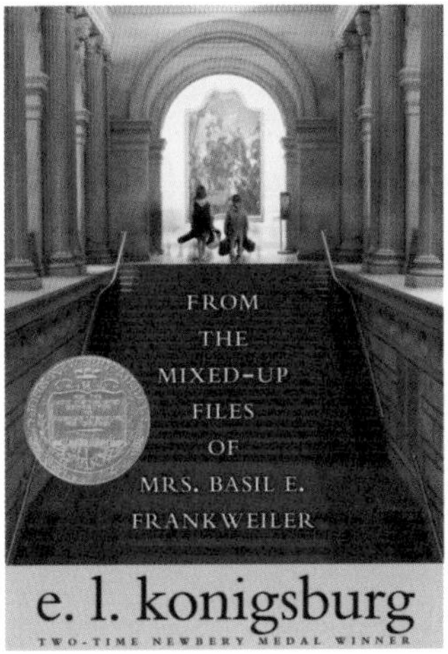

很多小朋友在成長過程中都曾有離家出走的衝動，但很少真的付諸實行，即使行動了，也多是一時衝動沒有規畫，不久就回家了。

然而，本書中的主角 Claudia 厭煩一成不變的生活，還有生活中那麼一點小不公平，也計畫要離家出走。她離家可不是去外頭過餐風露宿的生活，而是選擇躲進紐約大都會博物館中！

她開始精心策畫，節省零用錢，自知無法一人完成所有計畫，於是邀請小氣卻富有的弟弟一同蹺家！

經過重重關卡順利躲進博物館後，為了讓蹺家有不同的意義，他們決定每天都要學習新知，而不是瞎混過日。

博物館剛好展出一座天使雕像，疑似是米開朗羅的作品，帶來大量參觀人潮。他們決定蒐集資料，找尋雕像的原創人，一連串的冒險故事也因此展開另一波高潮。

離家出走住在博物館，如何盥洗、用餐、睡覺？晚上在博物館中近距離直擊展品，又是什麼樣的感覺？加上天使雕像的秘密，讓本書有足夠的故事張力來吸引小朋友的目光。作者以流暢的筆觸，敘述小女孩的細膩心思與追求新知的勇氣，獲得評審的青睞，榮獲 1967 年紐伯瑞金獎殊榮。

小書探尋寶趣

作者另一部作品《A View from Saturday》於 1996 年再度榮獲紐伯瑞金獎，創作實力備受肯定。

Book 52（青少年小說）

書名——The Hunger Games
作者——Suzanne Collins
出版社——Scholastic
ISBN——9780439023528
出版年分——2010

在曾經被稱為北美洲的地域有個「施惠國」，四周羅列 12 個行政區，包圍一座富饒的都城。

很久以前，行政區不時挑釁都城，但都被擊敗。至高無上、專霸橫行的都城，每年舉辦一場由電視實況轉播的真人遊戲，取名為「The Hunger Games」，各行政區需派出 12~18 歲少男少女各一名，參加殘忍的殺戮競賽，24 人中 僅有一人能存活。

此項遊戲除了提供都城居民娛樂外，同時也是對行政區的一種高壓統治手段，要行政區人民服從敬畏都城的領導。

住在第十二行政區的 Katniss Everdeen，跟媽媽妹妹相依為命，長年困頓沒有父親可依靠的生活，讓她磨練出堅強的性格。最疼愛的妹妹不幸被抽中當貢品，做姊姊的別無選擇，只能自願代替妹妹上遊戲戰場。

殘忍的殺戮遊戲被都城包裝成嘉年華會一般，可押注哪個貢品勝出，也可送禮物給喜歡的貢品，幫助他們取得最後的勝利。年輕的男女為求生存不能怒吼，還要強顏歡笑做最華麗的打扮，只為討好都城人民，多一點生存機會……。

小書探尋寶趣

近幾年很流行將暢銷青少年小拍成電影，最讓人熟知的莫過於《哈利波特》了！另外還有《波西傑克森》、《納尼亞傳奇》、《偷書賊》、《巧克力工廠的秘密》、《分歧者》等等。

不管是先看書再看電影，或先看電影再回頭看書，文字與聲光效果的雙重享受，真是人生一大樂事！

家長小叮嚀

本書故事以生存遊戲為主軸，深入探討人性、友情、愛情、對貪婪政客的反撲、對自由的渴望、爭取生存的勇氣……等等，多面向的主題受到不同讀者的青睞。

此系列共有 3 集，也陸續拍成了電影。故事雖然精彩，可討論的主題也很多（三角愛情就是很多讀者關注的部分），但其中有不少殺戮場面，建議 12 歲以上再來閱讀。

● 科學 / 數學讀物

孩童不認識字，絕對可以看圖聽故事，但對於一些自然科學概念，還是要等孩子上學後才會比較容易理解。加上英文畢竟不是母語，某些專有名詞有相當的難度。

基於上述原因，我把科學讀物放在 9~12 歲階段來介紹。但對於一些重視科學教育的家長或對自然科學特別有興趣的孩子來說，仍可以在 4~8 歲就開始接觸。

閱讀英文科學讀物是非常重要的，很多專有語彙原文都是英文，透過學校教育僅知道拗口的中文翻譯，這樣是相當不足的。舉例來說，位於地震帶的我們常聽到報導說本次地震是芮氏規模 7 級的地震，這「芮氏」可不是地名「瑞士」，英文分別是 Richter Scale 以及 Switzerland。

閱讀科學或數學讀物，可以把在學校學過的概念與專有名詞，透過這類讀物上的圖片或文字解說，找到互相對應的原文，並自然而然輕鬆的把這些語詞放進腦中。儘管拼不出來，但日後看到字，至少猜得到大概意思。

Book 53（科學／數學讀物）

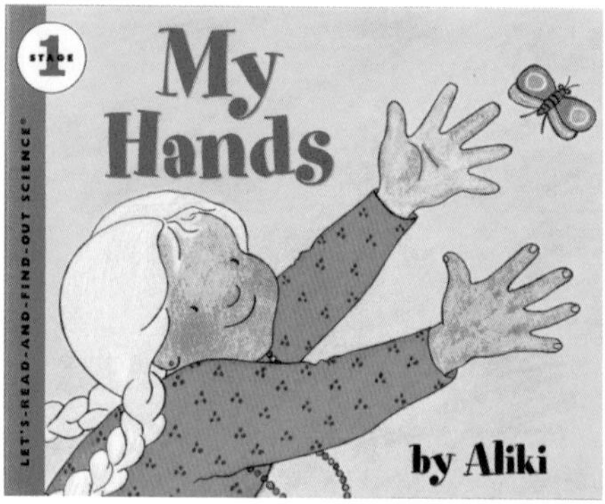

書名——My Hands (Stage 1)
系列名——Let's Read And Find Out Science
作者——Aliki
出版社——HarperCollins
ISBN——9780064450966
出版年分——2000

手分左右、5 隻手指，各有不同的稱呼與功用，但大拇指相當特別，它可以觸摸到其他手指，握筆、扣釦子沒有它就很難辦到！手掌也很重要，它幫助我們做拍打、搓揉等動作。

有人是左撇子，多數人是右撇子，少數人則兩手都可握筆寫字。手可用來玩遊戲、彈奏樂器、搔癢，還可以比手語來溝通。想想看，手還有哪些其他功用？

我們每天自然的使用雙手，卻很少聯想關於「手」的各方面知識與常識。本書用簡潔的文字與易懂的插圖，解說「手」的各種面向，並帶出雙手在各種生活場合中的應用與重要性。

小書探尋寶趣

同一作者以身體為主題的書目尚有：《My Five Senses》、《My Feet》、

《How Many Teeth》、《I Am Growing》等等。

Let’s Read and Find Out Science 系列，最初由 Franklyn M. Branley（天文學家、教師、作者）、Roma Gans（教育專家），和 Elizabeth Riley（童書編輯）聯合主編，集結數十位一流的科學家、文學家、教育家、插畫家，歷時多年創作而成。

後來 HarperCollins 出版社將這個系列，依文字難易與科學概念的深淺度粗分為 Stage 1 & Stage 2。Stage2 書末皆有相關的動腦問題，還有動手操作的小實驗，以及可作為延伸閱讀的網頁資訊，讓知識的吸收不侷限在書籍本身！

該書系出版逾 50 年，有些書目已經絕版，但新的書目也陸續出版，主題有人體基本常識、動植物、天文地理、地球科學、太空探索、考古恐龍等等。近年又增加環保綠能主題，涵蓋美國學齡前兒童與小學生科學教育的基本綱要，已成為美國甚至全球小朋友，以英文吸收科學知識的必讀書系之一。

Book 54（科學／數學讀物）

書名——Record Breakers : The Biggest (Level 3)

系列名——Kingfisher Readers

作者——Claire Llewellyn

出版社——Kingfisher

ISBN——9780753430576

出版年分——2012

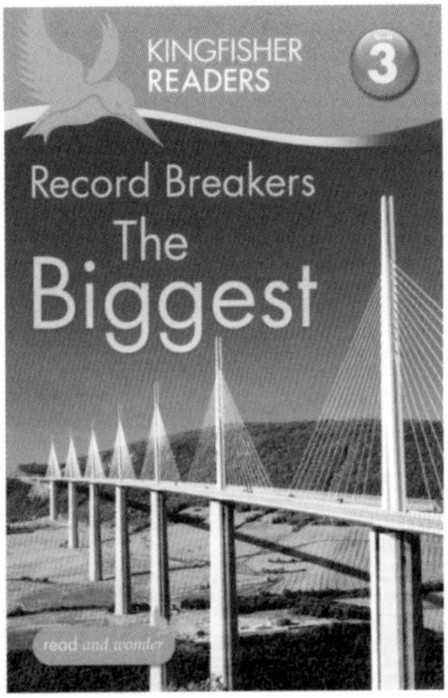

Big, Bigger, Biggest! 很多人對世界之最都有無比的好奇心！

這本科學讀本從「大」的定義開始，分 18 個小章節，一一為讀者介紹各種世界之最：最大的鳥、最大動物、最高的樹、最大的花、最大的船和飛機、河流與山岳⋯⋯。

「大」其實也是一種相對的概念，因為有比較，才知道什麼是最大，所以每頁介紹文中，都有「Think Big」的小方塊。

透過有趣的對比，如藍鯨的舌頭大約是一頭象的重量，而藍鯨的心約有一般汽車那麼大，讓讀者對於所謂的「最大」，更能做實際的想像。

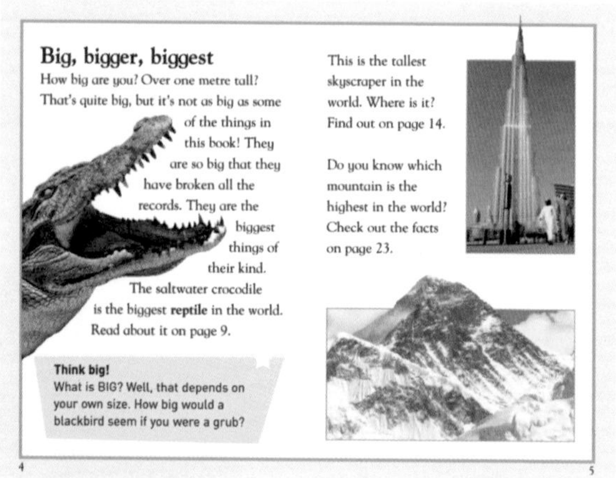
Big, bigger, biggest
How big are you? Over one metre tall? That's quite big, but it's not as big as some of the things in this book! They are so big that they have broken all the records. They are the biggest things of their kind.

The saltwater crocodile is the biggest **reptile** in the world. Read about it on page 9.

Think big!
What is BIG? Well, that depends on your own size. How big would a blackbird seem if you were a grub?

This is the tallest skyscraper in the world. Where is it? Find out on page 14.

Do you know which mountain is the highest in the world? Check out the facts on page 23.

4 5

小書探尋寶趣

Kingfisher Reader 是近兩年出版的科學讀本系列，挑選小朋友最有興趣的自然科學主題，依文字難易度分為 5 個級數。精準的用字搭配大量的真實圖片，讓對科學有興趣的各年齡層小朋友，都能找到喜歡的主題來閱讀。出版社的官方網站還有免費的聲音檔可供下載喔！ http://www.kingfisherreaders.com/

Book 55 （科學／數學讀物）

書名——A Fair Bear Share
系列名——Math Start Level 2
作者——Stuart J. Murphy
繪者——John Speirs
出版社——HarperCollins
ISBN——9780064467148
出版年分——1997

熊媽媽的拿手好派就是藍帶藍莓派，小熊們好希望嘗到這美妙的滋味！媽媽說，如果小熊們能找到足夠的材料，如種子、藍莓與堅果，今晚她就來烤藍莓派！大家出發到森林裡，非常認真的找材料，而最小的妹妹只顧著玩，她的籃子可是什麼都沒有！

回到家，要怎麼知道材料已經夠了呢？媽媽幫忙大家把材料倒出來，每 10 個聚成一堆，很快就能知道夠不夠做藍莓派喔！

本書透過小小的生活故事，幫小朋友輕鬆理解「分組」、「除法」、「加法」與「餘數」等數學概念。

小書探尋寶趣

生活中，數學無所不在！從起床（時間概念）、穿襪子（配對）、上學（距離）、吃營養午餐（分配）……，處處都是數學！

Math Start 系列目前出版 63 本，將數學的基本概念依難易度分成 3 級，在每本書的左上角有標示該故事跟哪個數學概念相關，在右下角則列出該書的級數。內容以敘述生活故事的方式，搭配清楚的分析圖表，將數學概念融入故事當中，讓小朋友一邊聽故事，同時學到重要的數學概念。

在圖書繪本中，也有很多與數學相關的創作，如《Anno's Magic Seeds》、《The Doorbell Rang》、《Math Curse》、《Mathematickles》等等。而分級讀本也有 Hello Math Reader，重視數學教育的家長都可以參考。但如果要有系統的一步步認識重要的數學概念，Math Start 是相當不錯的選擇。

Chapter 5

躍入浩瀚書海！
適合各年齡層的特殊主題閱讀

所謂的特殊主題，乃是童年閱讀的重要主題或特別書種，在這樣的主題下，有適合各年齡層的選書。

● 經典童話與童話衍生作品

我們知道很多的童話，如《小紅帽》、《歌蒂韓》、《灰姑娘》、《捷克與魔豆》、《醜小鴨》、《青蛙王子》、《睡美人》……等等，可能不知道英文該怎麼說？也不記得是從哪聽來或看到的，但就是一代傳一代，好像沒有童話就沒有童年。

歐美各大小出版社所出版的童話相關書目，不僅有每頁僅有 1~2 個單字、適合寶寶閱讀的硬頁版本（如 Les Petits Fairytales），也有一般國小學童閱讀的圖畫書版本，還有厚如小說般的《安徒生童話》與《格林童話選輯》。從各年齡層都能找到童話相關書籍，可以窺得西方國家對這個閱讀領域的重視。

而大量的童書創作也以童話為主題，有的以詼諧的方式改寫故事內容，有的用顛覆手法寫了續篇，也有的讓經典童話故事主角在故事中相遇，展現天馬行空的創意。

在童話這個閱讀領域，建議先閱讀經典（總是要知道原來的故事情節），再來欣賞顛覆的版本，咀嚼改寫者的妙意，最後即可嘗試自己創作看看喔！

Book 56（經典童話與童話衍生作品）

書名——Three Little Pigs
作者——Richard Johnson
出版社——Child's Play
ISBN——9781846430879
出版年分——2007
適讀年齡——4~8 歲

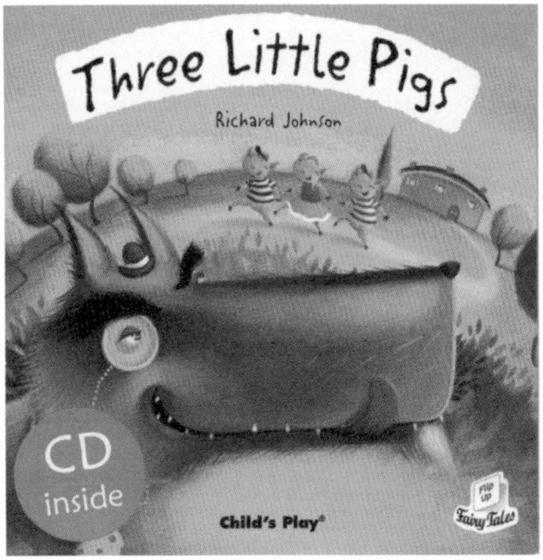
Three Little Pigs
Richard Johnson
CD inside
Child's Play
Fairy Tales

從前從前，有 3 隻小豬跟親愛的媽媽住在一起。有一天 3 隻小豬決定離家去打拚自己的人生。臨走前媽媽告誡他們要特別注意大野狼，他最喜歡吃小豬了！

Flip-Up Fairy Tales

"Here I come!" he shouted. "Watch out below!" And he slid headfirst down the chimney, straight into the pot of boiling water the three little pigs had put on the fire!

跟媽媽道別後，3 隻小豬開始了獨立的旅程。第一隻小豬遇到賣稻草的人，有點懶惰的小豬買下所有稻草一下就蓋好房子，正要休息時，果然傳說中的大野狼出現了……。

相信很多小朋友對 3 隻小豬的故事情節已經耳熟能詳，本書作者用簡易的文字與可愛的畫風，重新編寫了這個傳統的故事。雖是經典重寫，但偶爾也有獨特的展現，如 3 隻小豬中前面 2 隻懶惰的小豬顯然是男生，而辛勤蓋磚頭房屋的小豬則是女生喔！

小書探尋寶趣

經典童話人人皆知，但重新詮釋，巧妙各有不同。這個 Flip-Up Fairy Tales 系列，跟其他童話系列不同之處在於加入了小翻頁設計，營造場景的變化，也多了翻頁的驚喜，讓小朋友動手實際參與故事的進行，更添加臨場的氣氛。

很多童話系列僅出版 10~20 種書目，但 Flip-Up Fairy Tales 目前已有 40 個不同的故事，網羅西方文化的各種童話傳說，收集算是非常完整。

就閱讀面來說，小朋友已經瞭解很多童話故事的情節，儘管有些英文字不認識，因為知道劇情也特別容易猜出字意，增加閱讀的信心。

小朋友也可以將印象中的版本與正在閱讀的版本互相比較，引發聯想與討論。本系列更附有故事 CD，讓讀者與家長有更多的閱讀應用。

Book 57（經典童話與童話衍生作品）

書名——The Three Little Wolves and the Big Bad Pig
作者——Eugene Trivizas
繪者——Helen Oxenbury
出版社——Aladdin
ISBN——9780689815287
出版年分——1997
適讀年齡——7~12 歲

從前從前，有 3 隻小狼跟親愛的媽媽住在一起。有一天 3 隻小狼決定離家去打拚自己的人生。臨走前媽媽告誡要特別注意大壞豬，他最喜歡找小狼的麻煩了！跟媽媽道別後，3 隻小狼展開新的旅程。

"Then I'll huff and I'll puff and I'll blow your house down!" said the pig.
So he huffed and he puffed and he puffed and he huffed, but the house didn't fall down.

咦！這情節怎麼有似曾相識的感覺？只是角色互換，豬變成了大壞蛋！而 3 隻小狼一開始蓋房子就使用磚頭，豬吹不倒用大錘敲，第二間水泥蓋成的房子用電鑽破壞，而最後用鋼筋蓋的房子就無法撼動了吧？哈！別忘了還有炸藥！

無計可施的小狼最後決定用各種鮮花蓋房子，想不到大壞豬聞到陣陣花香後，暴力的性格竟漸漸軟化，最後跟小狼當起好朋友，從此一起過著幸福快樂的日子。

小書探尋寶趣

小朋友喜歡這樣的改寫創意嗎？同樣以 3 隻小豬傳統故事來改寫顛覆的還有《The True Story of The Three Little Pigs》（文：John Scieszka；圖：Lane Smith），以及《The Three Pigs》（作者：David Wiesner），都是很值得參考的作品。

還有一些圖畫書會將不同的童話故事主角或情節，隱藏在主體故事的插畫中，3 隻小豬當然也是最常出現、辨識度最高的角色。如《Into the Forest》（作者：Anthony Browne），以及《Once Upon A Time》（作者：John Prater）。

Book 58（經典童話與童話衍生作品）

書名——Goldilocks Returns
作者——Lisa Campbell Ernst
出版社——Aladdin
ISBN——9780689857058
出版年分——2003
適讀年齡——7~12 歲

還記得那位跑去熊家闖空門的小女孩嗎？她的名字叫 Goldilocks。長大後的 Goldilocks，一直對於小時候的惡作劇行為耿耿於懷，她改了名叫 Goldi，去掉字尾試圖隱姓埋名，也把一頭金捲髮遮起來，以免被人認出來。

而最妙的是，她還開了 Goldi's Lock 鎖店（真是欲蓋彌彰），專門幫人裝最好的鎖，抵擋各種闖空門的人。但日復一日，童年惡行始終困擾著她，夜夜惡夢，到最後連客人的臉看起來都長得像熊，她知道自己一定要有所行動！

於是她決定重回當年案發現場，去為熊熊一家人做一點補償。補償行動包含幫熊家裝個頂級防護鎖，倒掉不健康又難吃的粥換上健康早餐與蔬菜汁，調整椅子的柔軟度並修好小熊椅，灑上自己喜歡的香水，並在床上鋪滿塑膠花營造回歸自然的氣氛。最後累了，竟滿意的在床上睡著了……小熊一家人回到家，發現又被闖空門了，會有哪些反應呢？

小書探尋寶趣

本書可說是經典童話 Goldilocks 的續集，也可說是創新的顛覆版。類似這樣的作品還有《Frog Prince Continued》（文：Jon Scieszka；圖：Steve Johnson）也很值得參考閱讀。

Book 59（經典童話與童話衍生作品）

書名——Cinderella's Not So Ugly Sisters
作者——Gillian Shields
繪者——Bérengère Delaporte
出版社——Macmillan Children's Books
ISBN——9781405021623
出版年分——2014
適讀年齡——7~12 歲

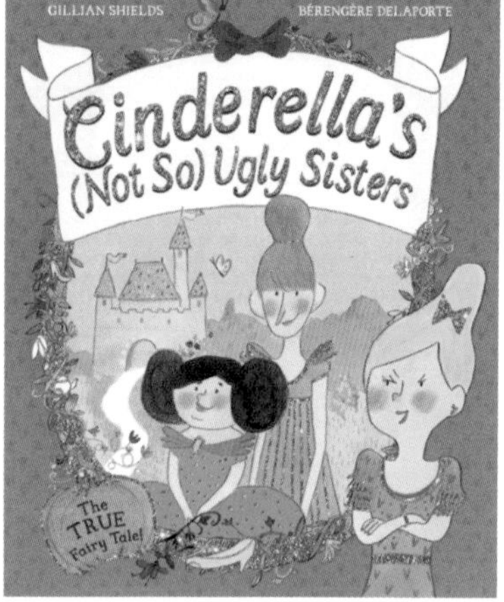

大家都聽過 Cinderella 灰姑娘的故事，對於灰姑娘的後母與兩個姊姊，既定印象就是心腸惡毒、容貌醜陋。

但這個故事中的後母一家卻是和藹善良，雖然長相仍然平庸但熱愛音樂，讓母女 3 人有著典雅的氣質。反倒是主角 Ella 虛假貪婪，又善攻心計，她有一位神仙惡教母能達成她的各種需求，包括施展魔法讓村人相信，後母一家人是心腸惡毒的婦人，而 Ella 則是被他們關在廚房掃煤灰的 Cinder Ella（Cinder 意為煤炭渣，之後村人就稱呼她為 Cinderella)，魔法也把 2 位姊姊的容貌變得更為醜陋了。

不久之後，皇宮傳來舞會的消息，當然姊妹 3 人都要去參加。跟著醜陋的姊姊讓她覺得丟臉，所以她當然要叫神仙惡教母幫她備好華麗馬車獨自前往。

Ella 果然豔冠群芳，贏得王子青睞，並在午夜 12 點前留下鞋子（上頭有地址與簽名）後離去。王子直奔 Ella 家，馬上把她娶回家。沒想到幾年後，貪心的 Ella 留下一封信棄王子而去，因為她跟更有錢的公爵私奔了！

2 位姊姊呢？魔法退去後，她們恢復原來的容貌，在舞會中以音樂與樂師結緣，變成 2 對佳偶，從此過著幸福快樂的日子！

家長小叮嚀

這樣的顛覆情節可能會讓許多喜歡公主的小女孩傷心，但卻能刺激思考，引發很多後續討論呢！家長不妨跟高年級孩子聊聊，這樣的劇情改寫，小朋友感覺如何？哪個部分最讓人感到意外？如果能引發孩子想改寫成自己的版本，那就更令人期待了！

● 尋找遊戲書

小孩酷愛捉迷藏的遊戲，把隱藏的東西找出來，有著莫大的成就感與樂趣。紙上尋找遊戲，可訓練小孩的專注力、觀察力、分析力，並培養耐心，又可同時習得一些知識與常識。國外此類型的創意想法，非常廣泛的運用在各年齡層的閱讀書中。

Book 60（尋找遊戲書）

書名——Counting Colours
作者——Roger Priddy
出版社——Priddy
ISBN——9780312501372
出版年分——2007
適讀年齡——3 歲

小朋友，哪些東西是大紅色呢？有草莓、番茄、聖誕老公公……。哪些東西是黃色？最具代表性的就是黃色小鴨囉！而哪些東西是藍色？有牛仔褲還有機器人。

這是一本大版本硬頁書，將同樣顏色的東西聚集在同一頁面，中間大大的英文字顯示該顏色的拼法，而環繞在周圍的則是有待找尋的各種物品以及數量。

書籍編排上使用大量的真實圖片，同樣的小鴨鴨，有的很大一隻，有的則小小的很難被注意到，擺放角度也都有所不同。草莓可能是番茄的10倍大，跟小朋友的真實認知有所差距，在這些因素的干擾下，就不容意將全數的東西找出來。

如書名附標提示，本書有超過500張圖，等待小朋友一起來尋寶。本書將顏色、數數、圖像認知與尋找遊戲搭配在一起，讓小朋友一邊尋找物品，一邊練習數數，同時也可以培養小朋友的耐心與專注力喔！

小書探尋寶趣

Counting Colours大概適合3歲左右的小朋友閱讀。同一系列，另有給更低年齡層的《Treasure Hunt for Baby》，也有給更高年齡層挑戰的《Treasure Hunt for Girls》以及《Treasure Hunt For Boys》。

Book 61（尋找遊戲書）

書名——Do You See A Mouse?

作者——Bernard Waber

出版社——Houghton Mifflin

ISBN——9780395827420

出版年分——1996

適讀年齡——4~8 歲

高級旅館 Park Snoot Hotel 竟傳聞有老鼠出沒，這是何等的大事！如真有老鼠，這可是天大的醜聞。

問問行李員，有沒有看到老鼠？沒有喔！問問櫃台、大廚、接線生、房務經理，大家都沒有看到呢！接著再問問髮廊設計師、樂團指揮、花店老闆，答案也是沒有。再來問問常住的房客 —— 世界知名探險家與歌劇家，答案也是否定的。

但傳聞不止，飯店老闆只好找來世界一流的除鼠公司，幫忙解決這煩人的小事。Hyde and Snide 於是來到了飯店，搜查過每個角落，也問過每個工作人員及房客，他們最後發出聲明：是的，這家飯店的確「沒有」老鼠。但事實上真是這樣嗎？

家長小叮嚀

其實讀者在每一頁都可以找到老鼠的蹤影，有時在明顯的正中央，有時隱藏在角落。跟孩子共讀的家長可以若無其事的一頁接著一頁讀下去，當孩子突然瞄到老鼠驚呼一聲，之後歡喜的每頁尋找，將為共讀帶來無比的樂趣。

本書另外值得推薦的地方，是大量使用重複句與押韻手法寫作。「Do you see a mouse? No, I do not see a mouse. No, no, no, there is no mouse here.」是最常重複的3個句子。畫面上的字看起來雖然不少，卻很容易朗讀。

而高級飯店中會有哪些部門？哪些工作人員？就在除鼠公司的人把所有人員聚集成一排的同時，讀者會發現排隊的順序也就是每個人員的出場順序喔！大人小孩藉機測試一下自己的記憶力，也是另一種閱讀樂趣。

Book 62（尋找遊戲書）

書名——Blue 2
作者——David A. Carter
出版社——Little Simon
ISBN——9781416917816
出版年分——2006
適讀年齡——0~99 歲

書名 Blue 2 是什麼意思呢？原來是在這本立體書每一個展開的頁面中，都藏有一個藍色的數字 2，讀者需從各個角度去觀察尋找，要動手轉一轉數字才會出現，甚至要拉一拉，數字才會浮現。有時似乎也需要有透視眼，才能在複雜的立體場景中找到 2。

在本書第一頁春意盎然的花開景色中要找出 Blue 2，還真有點難度，除要細心更要有耐心。別慌張！唸起來像詩一般的文字，仔細研讀，答案就在其中喔！

這不僅是一本立體書、一件藝術品、一場遊戲，更是沒有年齡界限、令大人小孩都讚嘆不已的傑作。

小書探尋寶趣

作者同系列尚有《One Red Dot》、《600 Black Dots》、《Yellow Square》等 3 本立體書，同樣也能享受找尋的樂趣喔！

Book 63（尋找遊戲書）

書名——Where's Wally?
作者——Martin Handford
出版社——Walker Books
ISBN——9781406322934
出版年分——2011
適讀年齡——7 歲以上

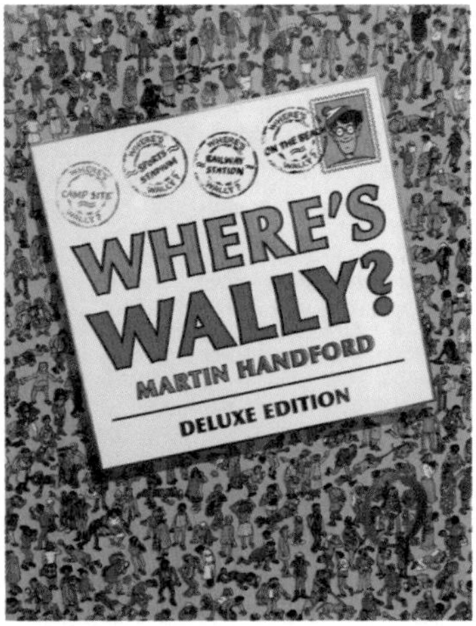

帶著相機，背著睡袋還有一堆裝備，穿著紅白條紋衣服的威利，準備去環遊世界了！

威利並非一人獨自旅行，和他同行的有 3 個好友、1 條狗，還有 25 個穿著跟威利相似衣服的守護者。威利每到一個地方都會寫明信片給親朋好友，而這些明信片的內容也能幫讀者找到威利的所在。

威利系列是目前公認難度較高的尋找遊戲書，也因為難度高，大人也常被吸引。閱讀此書可訓練觀察力與專注力，親子一起來挑戰，將共讀變成一種親密的家庭遊戲！

第一本《尋找威利》於 1987 年出版，一出版即受到小讀者的喜愛，作者與出版社 27 年來陸續出版新的主題與新的版本，有的版本甚至還附贈放大鏡！

這本豪華精裝版，攤開書衣內側是一張威利大海報，封面印製的各式郵票，即可以玩簡單的尋找遊戲。書中還有折頁設計，翻開折頁，上面印有待尋物件清單，是其他版本沒有的設計，而清單中也新增不少待尋品項。輕鬆就把威利找出來的小讀者，可以來挑戰這個難度升級版喔！

小書探尋寶趣

尋找威利系列共有 8 本主題尋找書，還有各種版本的衍生書籍，如貼紙書、明信片書、海報書等等。另威利迷可在官方網站的專頁中下載相關的活動設計與遊戲。在給圖書館員下載的文件中，更記載「威利」在每個國家的不同名稱喔！有興趣的讀者請參考：http://www.walker.co.uk/whereswally。

文字遊戲書

每個語言都有一些專屬於該語言特性的文字遊戲，如文字接龍 Angry-Yoyo-Orange-Energy-Yellow-Window-Wide-……每一位玩家用上一位玩家所舉例的字的最後一個字母為字首，說出另一個字。玩家們可專挑 Y、X、Z 結尾與開頭的字，因為這些字比較少，很快就能成為贏家。或是全數挑戰 e 開頭與 e 結尾的字也相當有趣。

也可以玩簡寫猜意的遊戲，如 CDB = see the bee。CDB 是 William Steig 的圖畫書作品，整本書都在玩這個遊戲，年輕世代喜歡這種簡寫遊戲，一些網路火星文也逐漸變成常用字。

還有一種 Palindrome（迴文遊戲），就是字句從左到右與從右到左，拼法都是一樣，如克寧奶粉 Klim Milk，就是玩這種遊戲所取的商標名。

Dad、Mom 這兩個字也是一種迴文呢！

還有 Word Search（尋字遊戲）、Crossed Words（填字遊戲）、Brain Quest（腦筋急轉彎）、Tongue Twister（繞口令）等等，也都相當好玩。文字遊戲玩法巧妙各有不同，相同的是這些遊戲集結成書後，多少能鼓勵與強化對英文有興趣的小朋友的閱讀與學習意願喔！

Book 64（文字遊戲書）

書名——I Scream, Ice Cream!
作者——Amy Krouse Rosenthal
繪者——Serge Bloch
出版社——Chronicle Books
ISBN——9781452100043
出版年分——2013
適讀年齡——7~12 歲

請問「I Scream」跟「Ice Cream」有什麼相似處？答案是：發音都一樣！但意思可就不同了！這就是一種 Wordle ！

再舉一個例子說明，「Heroes」和「He Rows.」也是同樣的道理。

將一些語詞改變重音或於不同地方切斷字母，就可以讓原本發音相同的字詞變成完全不一樣的意思。又如我們常說的「I see.」跟「Icy!」也可算是一個例句。

這整本書玩的都是這樣的創意語言遊戲，編排的方式先在右手頁面出題，讓讀者唸一唸、想一想，翻開下一頁就能揭曉答案。其實規則並不難，大人小孩不妨都來嘗試看看，遊戲中也能提升對語言的駕馭力喔！

小書探尋寶趣

Amy Krouse Rosenthal 作品相當多，因配合不同的插畫家，讓讀者比較難有印象。在此特別推薦另外 2 本創意作品：《The OK Book》、《Duck! Rabbit!》。這 2 本作品都有影音檔參考，適合小孩，更適合大人閱讀喔！

https://www.youtube.com/watch?v=XZTdG_rlngg

https://www.youtube.com/watch?v=hPCoe-6RRks

Book 65（文字遊戲書）

書名——Eats, Shoots & Leaves
作者——Lynne Truss
繪者——Bonnie Timmons
出版社——Putnam Juvenile
ISBN——9780399244919
出版年分——2006
適讀年齡——7~12 歲

有一隻熊貓吃著三明治，走進圖書館，拿起弓射了 2 箭。圖書館員問他為何要這樣做，熊貓說你們書上對熊貓的定義不就是這樣，然後轉頭離開。

圖書館員連忙翻開書，有熊貓定義的那一頁果然寫著：「Panda: Large black and white bear-like mammal, native to China. Eats, Shoots and Leaves.」

熊貓吃剛冒出的新芽與葉子，這跟熊貓的行徑：「吃，射擊，離開」，可是兩種全然不同的解釋呢！

在中文寫作中，標點符號非常重要。最有名的例子，即是「下雨天留客天留我不留」，可以因為標點符號放在不同的地方，衍生出完全相反的意思。

而英文中的標點符號其實也同樣重要！《Eats, Shoots & Leaves》就是一本用來解說「逗點」角色的書。同樣的句子，逗點放在不同的位置，將影響句意的解讀。

小朋友在學習英文時，最困擾老師的問題之一，莫過於標點符號了。很多小朋友提醒了數十次，還是不會在句子中加逗點，也不會在句末畫上句點。介紹這樣一本書給頭痛的家長與老師們，跟孩子共讀後或許可以讓小朋友更明瞭標點符號的重要性。

小書探尋寶趣

對標點符號有興趣的讀者，還可以進階參考《The Girl's Like Spaghetti》以及《Twenty-Odd Ducks》。在這 2 本書中，分別介紹了 Apostrophe（'）以及其他英文標點符號的使用與解讀。

Book 66（文字遊戲書）

書名——The King Who Rained
作者——Fred Gwynne
出版社——Aladdin
ISBN——9780671667443
出版年分——1988
適讀年齡——7~12 歲

小女孩納悶的說，她常聽不懂爸媽說的話！

爸爸說有個國王會下雨（Raind 音同 reined 統治），還一連下了 40 年！媽媽說她的嘴裡有青蛙（frog in the throat 意為喉嚨不適）！爸爸說他下次油漆時要幫房子蓋 2 件外套（coats 意指層），還要我們住在禮物裡面 (live in the present 意為活在當下，把握現在）！……這些奇怪的童話故事（作者拼成 Fairy Tails），大家都聽得懂嗎？！

語言中一些讀音相近、約定俗成的用法或成語，常讓小朋友摸不清到底是什麼意思，或誤解成其他意思。舉個真實發生在我家小孩的例子，阿姨對小孩說：「你要乖乖吃完才會長肌肉喔！」小孩：「為什麼是長雞肉？不是長豬肉啊！」用小孩的觀點來看成人世界的某些語詞用法，真是有趣又難忘！

本書作者蒐羅一些語料，以小孩的眼光來解讀爸媽生活中的用語，配上滑稽的插畫，展現幽默風趣的創意，更引領讀者發現語言的多層趣味與奧秘。

Sometimes
Mommy says
she has a frog
in her throat.

小書探尋寶趣

同一作者尚有另一本作品《A Chocolate Moose for Dinner》，也是這種文字遊戲的延伸。喜歡猜字謎的讀者，可以繼續討戰看看喔！

Book 67（文字遊戲書）

書名——Amelia Bedelia
系列名——I Can Read Level 2
作者——Peggy Parish
繪者——Fritz Siebel
出版社——Greenwillow Books
ISBN——9780064441551
出版年分——2012
適讀年齡——7~12 歲

Amelia Bedelia 帶著愉悅的心情到羅傑先生家工作。上班的第一天，羅傑夫婦剛好要外出，只留下工作清單給她。活潑開朗的 Amelia 做得一手好甜點，在開始工作之前，她先烤了個檸檬派，準備給主人一個驚喜。

Amelia 對羅傑夫婦的第一印象非常好，但看著清單時卻不免覺得被交代完成的事實在太奇怪了！首先，浴室毛巾看起來挺好的卻要改變它（Change the Towels，換毛巾），沙發要灑粉（Dust the Sofa，除塵），還要畫窗簾（Draw the Drapes，拉上窗簾），並且把燈泡拿出去曬（Put the Lights Out，關燈）！更怪的是要幫雞穿衣服（Dress the Chicken，幫雞做醃料準備），還要裝飾牛排肉（Trim the fat of the steak，切除牛肉上的肥油）……。

Amelia 雖覺得這對夫妻腦筋有問題，但還是盡心盡力的把交付的工作一一完成。

羅傑夫婦回到家看到眼前的景象，簡直快要昏倒了！生氣的羅傑太太正要張嘴說出「你被開除」時，羅傑先生餵了她一口檸檬派，這可是從來沒吃過的人間美味！為了能繼續吃到這樣的甜點，羅傑夫婦只好學著說「Unlight the lights, undust the sofa」之類的話語，而 Amelia Bedelia 也得以留下來，繼續她在羅傑家的爆笑人生！

小書探尋寶趣

作者利用語言雙關的特性，創作出這樣一位糊塗女傭的角色。Amelia Bedelia 相關作品尚有：《Amelia Bedelia And the Surprise Shower》、《Come Back, Amelia Bedelia》、《Play Ball, Amelia Bedelia》、《Thank You, Amelia Bedelia》等等。閱讀這樣的幽默小品，不但能開懷大笑，更能訓練對雙關語詞的敏感度喔！

● 兒童英文雜誌

兒童英文雜誌有一般書籍沒有的特點，它能提供最新資訊，最具時效性；它能滿足對特殊主題有興趣的讀者（如動物雜誌、運動雜誌、少女雜誌等）；而一書多單元更能提供某一特定年齡層的閱讀多樣性（如短篇故事、綜合填字謎、漫畫、歌曲、短詩、手作遊戲……等等）。

國外出版的英文兒童雜誌種類相當多，涵蓋的領域與年齡層也很廣，幾乎從 0~12 歲都可以找到適合的雜誌來閱讀。之前雖有幾年國外雜誌銷售的經驗，但比起 16 年的選書經驗，實在不敢憑個人印象推薦。

搜尋亞馬遜網站兒童雜誌銷售紀錄、國外教育專家的 Top 10 名單，以及父母網站提供的資料，發現以下幾款兒童雜誌是大家共同的推薦。我將這些雜誌的適讀年齡、出刊期數、刊物性質等訊息，簡列如下給家長參考。

出版社：Cricket Media

雜誌名稱	適合年齡層	刊數	主要內容
Babybug	6 個月 ~3 歲	1 年 9 期	故事、韻文 （印刷裝禎:無毒印墨、圓弧切割）
Ladybug	3~6 歲	1 年 9 期	故事、短詩、知名作者編寫
Spider	6~9 歲	1 年 9 期	故事、詩作、各式活動
Cricket	9~14 歲	1 年 9 期	文化、歷史、科學、藝術
Ask	6~9 歲	1 年 9 期	文化、歷史、發明、藝術
Muse	9~14 歲	1 年 9 期	科學與藝術
Faces	9~14 歲	1 年 9 期	世界各國介紹

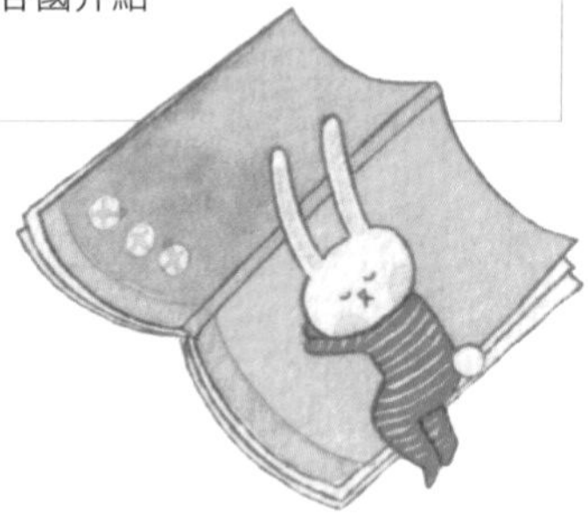

出版社：Highlights For Children

雜誌名稱	適合年齡層	刊數	主要內容
Hello	0~2 歲	1 年 12 期	專家意見、父母導引、各式文章與活動建議
High Five	2~6 歲	1 年 12 期	專家意見、父母導引、各式文章與活動建議
Highlights	6~12 歲	1 年 12 期	專家意見、父母導引、各式文章與活動建議

以上 3 種雜誌屬於家庭雜誌，閱讀對象是家長與兒童。

出版社：National Wildlife Federation

雜誌名稱	適合年齡層	刊數	主要內容
Ranger Rick Jr.	4~7 歲	1 年 10 期	野生動物、動物探險、高品質攝影、教育延伸活動
Ranger Rick	7~12 歲	1 年 10 期	野生動物、動物探險、高品質攝影、教育延伸活動

出版社：National Geographic

雜誌名稱	適合年齡層	刊數	主要內容
National Geographic Kids	6 歲以上	1 年 10 期	科技、環境、動物、地球資源、綠能等知識百科

這些常被推薦的雜誌，事實上也早有書商引進台灣，在大型實體書店以及網路書店都可以買到。建議家長可以先零買一期試閱看看，如果小孩反應不錯，則可考慮向國內書商訂閱，或至國外雜誌的官網，或透過手機 APP Store 訂閱電子版。

Chapter 6

英文童書選購小撇步

很多家長有心幫孩子買書，卻不知該買哪些書籍。參考專家學者開的書單，的確是個好方法。常有家長拿著書單來找書，書店即是「收單」單位，有機會看到各個管道開出來的書單。身為專業書店的工作人員，對這些「書單」都要詳細研究閱讀，希望從中多吸取一些知識，再轉知給其他需要的客人，而書單中的好書，也是進書的依據。

書單迷思

早期我非常重視這些書單，也因為詳讀書單，一點一滴的增加自己選書的專業。累積超過 16 年的看單與選書能力，我雖然已不再詳讀他人的書單，但至今我的選書卻常常與國外圖書館員、專業雜誌、父母參考書籍開出的好書書單，甚至會得獎的作品，不謀而合。

而國內外專家認為的好書，在經費許可下，我也希望能多多引進台灣。但倉庫就是不夠大，而書總會缺書或絕版，尤其是進口書，售缺查補集貨加上海運時間，可是要 2~3 個月以上，而有些書在出版社評估下宣告絕版，則永遠無法查補進來。

每每就有家長拿書單來找書，但我們就是沒有書單中的「指定」書籍。怎麼辦呢？當然是推薦其他類似主題、相同作者、相同系列，或同樣文字難易度的好書。但這麼多年來，願意接受推薦的家長卻少之又少，我很納悶，又不是學校要用的課本，課外閱讀的書籍，這本沒有，選讀別本怎麼那麼困難？

家長常認為專家開出的第一階段書單，好像少了哪一本，英文學習成效就會大打折扣，其實真的不然。書單僅是參考用，希望家長能參考書單，但不要一味照單全收。天涯何處無好書，何必單戀某一本！書單中的書，可能書商沒有引進，或是缺書絕版，就給其他好書一些機會吧！

缺書與絕版是進口書最常見的現象，本書的推薦書單過些時日也可能會漸漸缺書或絕版。希望家長能掌握到一些選書的基本原則，當這些書不再流通於市場時，請幫小孩挑選其他的好書。

英文童書何處買（不要買）？

話說 20 年前，英文童書無處買，真的可以特別寫書來介紹如何取得。但 20 年後的今天，隨便在任何搜尋引擎輸入「英文童書」，就有上百筆資訊告訴讀者買書的管道。自由經濟的國度，家長可以向任何自己喜歡的商家購買，我也不特別做推薦。

在此要提醒聰慧的家長們在選擇哪些管道，或以哪些方式銷售的童書之前，可以先思考一下以下問題。

1. 服務真好，買書送免費的 MP3 與中文翻譯？

書店常接到客服電話，問有沒有買書送聲音檔或中文翻譯？當我們回答沒有時，客人會告知別家服務比較好，暗示我們要改進。

我也碰過銷售書籍的商家自行組套書，並自費請外國友人錄製 CD，賣給（或送給）客人，或是錄製影音檔，將書從頭唸到尾，感覺真的很用心，也很貼近家長的需求。但這一切可能已經違反著作權法，侵犯到版權擁有者的智慧財產權。

書商要幫書籍錄製聲音或影音檔需取得國外授權，未經授權私下找人錄製有侵權之嫌。而私自拷貝國外出版的 CD 銷售，可是盜版的行為。至於送中文翻譯，則比較有爭議，家長常希望業者能「全文逐字」翻譯，但這或多或少也有侵權問題，畢竟原版權擁有者有權決定自己的作品應該如何被詮釋。

2. 從中國買書，花點小運費，方便又省錢？

中國近年成了全世界的製造工廠，即使是圖書出版業也一樣。很多英美出版社書籍都是委由大陸工廠印製。有些工廠交了簽約數量給原出版社後，莫名都還有「餘書」或「瑕疵品」。就有聰明的業者專門引進這樣的書籍銷售給台灣家長，由於價格差個十萬八千里，家長很難不心動。但這來源終究還是違法的，希望家長不要支持這樣的管道。

3. 直接向國外網站下單，方便又便宜？

基本上願意買英文書的客群，英文能力都相當好，當然可以自行在國外正常行銷全世界的網站買書。但某些英國網站的書真的很便宜，便宜到讓人以為國內進口書商都是哄抬價格，惡意賺取暴利。

其實不然，這些書之所以便宜是因為它們是特印版，通常印刷品質差一些，出版已有一段時間，很多是組合商品，根據相關法規僅能在英國境內網購銷售，不得店銷，也不得寄送海外。

但只要消費者不在乎印刷品質，在英國有親友可以代收，以這樣的管道購書感覺還是很划算。只是除了線上刷卡交易有風險外，銀行也要收國外交易手續費，加上英國到台灣的運費，寄錯書無法退換，萬一書商缺書超賣，收到的可是英鎊退款支票。

考量以上種種風險，一次交易所花的時間與所冒的風險，其實不見得比較優惠。

英文童書選購基本常識

相較於國內出版品，英美童書出版有 2 大特色，一是超過百年歷史，書籍種類眾多，出版社百家爭鳴。二是書籍版本眾多，符合不同讀者群的需求。也因為這樣的特色，要在這龐大的資料寶庫中找出適合的書籍，就必須先有一些基本常識。

書籍版本

英美圖書出版的一大特色，就是書籍版本眾多。舉圖畫書為例，有精裝、平裝、圖書館版、硬頁（大硬頁、小硬頁）、有聲、週年版、禮物版、學校版、國際版、立體版、數位版等等。小說有也有精裝、大平裝、小平裝、大眾版、國際版、特殊封面版、彩色版、數位版等等。每種版本都有其適合的讀者與市場的考量。

剛開始採購國外童書時，也曾被這琳瑯滿目的版本給搞糊塗，加上英美版權互相賣來賣去，除以上版本外，有時還要再分是英國版還是美國版。版本的選擇應該困擾過很多家長，在這邊略微說明。

基本上，新書一定以高定價的精裝版（Hardcover）先出版。英美出版業的潛規則，似乎就是設定讀者需以較高的價格來購買最新的知識與訊息，這同時也是出版社獲利的根基。通常半年後才會有較便宜的平裝版（Trade Paperback）出版，來嘉惠更多讀者。

提醒讀者，有些圖畫書恐怕永遠不會出平裝版。理由不外乎版權擁有者堅持，或版權擁有者已經過世，或第一版銷售不佳等等不同的因素，使得癡癡等待的讀者終究希望落空。我遇過太多的讀者等著想買 Shel Silverstein 的《Giving Tree》平裝版，或該作者其他作品的平裝版，在此也藉機告訴讀者，大概是不可能買到了。

所幸大部分的暢銷書，讀者只要稍微忍耐個半年，就會有平裝版可買。近年來有些出版社更是體貼讀者，精裝與平裝版同時出版，讀者就不需苦苦等候了。

暢銷圖畫書通常在精裝、平裝出版後，有些內容文字簡單適合幼幼讀者，也會再出版硬頁版。硬頁版本尺寸較小、重量較重，但價格跟平裝版幾乎一樣，常造成父母的混淆，尤其是網路購書，一開箱才發現尺寸差太多，建議家長購買時要仔細查看版本的標示。

小說的部分也是先出精裝，再出平裝或大眾版（Mass Market Edition）。大眾版的價格是所有版本中最便宜的，但就青少年小說來說，大眾版常常也是尺寸最小的。

兒童近視比例逐年攀升，兒童視力問題困擾著很多家長。小孩愛看書是值得高興的事，但想到小說密密麻麻的文字，又讓家長非常擔心。有此困擾的家長，則盡量挑選大平裝版本讓孩子閱讀。

當然，隨著時代進步，數位版也越來越普及，平板電腦中的字體能自由放大縮小，家長認同的話，數位版也是不錯的選擇。

同一本書如果市場上同時有美國版與英國版，通常英國版價格會比較高，匯率是原因之一，台幣對美金匯率比較穩定，相對來說換算的書價也比較平穩。但一般來說，英國書的印刷品質比較好，用手觸摸即可感受到質感的差異。書籍擺放久了，也會知道英國書比較不會因氣候潮濕而有書封捲起的問題。家長可以就自己的喜好與經濟考量，挑選適合的版本。

如果家長看到一本書有超過 3 種版本，就能合理推測這本書應該是暢銷的。如果有 5 個以上的版本，就表示這本書應該非買不可。原來，版本也可以作為購書、選書的判別標準喔！

合理的定價

除一些特別的書目，目前國內大部分的進口書商對於進口書的定價，大多採美金定價乘以 35，英鎊定價乘以 55 的公式換算成台幣定價，再依據台幣定價給予客人優惠折扣。

各家書商並沒有互相約定，偶爾差個 1、2 元台幣，也不是刻意比別人便宜，而是外幣小數點有沒有先四捨五入的問題。這樣的計價方式，搭配各家一些活動折扣，其實在國內買書，常常還比從英、美扛回來便宜。而讀者也可以輕鬆從印在書籍上的價格，換算出大約的台幣定價。

如果買到的書，用印在書上的外幣價格換算成台幣之後，跟業者訂定的台幣價格差距很大，那肯定有問題。太貴的定價，讀者小心成了冤大頭，而太便宜的定價，更要小心可能是盜版或工廠流出品。

缺書與絕版

雖然國外出版社每本書每一版的印量，比國內出版社大很多，但因為是行銷全世界，暢銷的書籍往往缺書的情況比國內還要嚴重很多。也常會遇到，通路商還有書，但出版社本身書已經訂不到的窘境。一等待，恐怕就要等上半年甚至更久。

售缺加印，每家出版社都有最低印量的考量，如評估市場量無法達到預估的最低量，或許就在讀者苦等半年或一年後宣告絕版。尤其是一些幼幼操作書，因有各種新奇機關，印製成本很高，要加印或再版的機會就比較小。

比如有一本《Poppy Cat's Play House》皮皮貓立體書屋，這是10多年來，立體書屋最值得推薦的出版品，我們等待再版已經超過5年，也拋出訂量請出版社考慮，就是苦等不到好消息，實在覺得很遺憾！

有些書當下沒那麼喜歡，當然可以多等一些時日，日後再決定是否購入。但如果是喜歡的幼幼操作書，就建議可以大膽購入，因為日後售缺的機率可是相當大的喔！

外貌協會選書法

幫孩子選書，參考專家學者以及知名部落客的書單是很實際的作法。但因為每個小孩都是獨立的個體，適合普羅大眾的書籍，不見得就適合家中的孩子。

家長還是要把握選書的原則，多方嘗試，才能在選書上越來越得心應手。如果實在太忙，或真的無法瞭解眾說紛紜的選書原則，那就相信自己跟孩子的「直覺」，也就是所謂「外貌協會」選書法：哪一本看起來順眼，挑那一本就對了！

鼓勵每個家庭勇敢踏入親子共讀的第一步。閱讀，悅讀，開始就對了！

Appendix 1 / 附錄 1

親子共讀 Q&A

英文親子共讀有大原則可以依循，但沒有固定的執行模式，這是個自由無拘束、快樂共享的家庭活動，可以參考別人的經驗，但無需努力複製他人模式。

有心想嘗試英文親子共讀的家長，或許心中仍有很多的疑問。在此列出一些常在書店被問到的問題以及解答，希望可以幫家長解惑。

Q1：

該如何培養孩子對英文閱讀的興趣？

A：

除了幫孩子挑對適合程度、符合胃口、引發興趣的書籍外，孩子能否對英文閱讀產生興趣，大人扮演著關鍵角色。如果大人喜歡看電視，卻要小孩愛閱讀，這難度似乎很高。

英文童書引進台灣約 20 年的時間，大部分的家長其實都沒看過這些精彩的作品。我有十足的信心，大人一定也會喜歡這些給孩子看的英文書，甚至還可能會「上癮」！

這也是我們推廣親子共讀的目的，受惠的不止孩子一人。也唯有父母由衷喜歡上這些書，才願意好好唸給孩子聽，與孩子共享。

家長若是很難對自己有信心，初期也可以帶孩子去聽專業英文故事老師講故事，讓孩子更有意願閱讀英文書。

Q2：

要閱讀多少英文讀物，每天要分配幾分鐘閱讀時間，才能有頂級的英文能力？

A：

每個小朋友狀況都不同，但我認為重要的不是念了幾本，用了多少時間，重要的是有沒有養成英文閱讀的習慣，以及小孩在閱讀的過程中是否快樂。

法國教育部規定幼稚園孩童就學期間（基本上是 3 年）在校需閱讀至少 250 本書籍，甚至網站上還明列了 250 本參考書目。

這只是個參考數據，家有同年齡小孩的家長或許也可以 250 本為目標。但要知道，不管是哪個管道開出來的書單，我都不認為只念那些書就夠了。每個家庭應衡量自己的時間與經濟能力，大量閱讀有益無害。

Q3：

單靠閱讀，孩子就能有頂級英文能力？

A：

這當然是不可能的事。英文教學靠學校，英文閱讀靠家長，雙方分工合作，相輔相成，才能讓孩子有頂級的英文能力。

小孩要能自我閱讀，還是要先靠學校幫忙教會自然發音的規則，再經由閱讀驗證強化這些學到的規則。自然發音的學習其實是枯燥、重複的過程，適合在學校完成。家長在家一對一教學，或讓小孩看影片自學，其實很難達成理想目標。

大部分的家長都無法勝任「老師」的角色。如果有人告訴你，無需學校的協助，只要循序漸進閱讀完某些書單中的書，就能無師自通擁有頂級的英文能力，我個人並不相信這樣的神話。

Q4：

什麼時間、什麼情境跟孩子講故事是比較適合的？

A：

這問題問外國爸媽，很多人會自然而然回答「睡覺前」，因為這是他們的固有文化，台灣家長未必認同。在台灣每個家庭的作息時間不同，所以也沒有絕對最適合的時間。建議可以選擇一個大人小孩都已經放鬆的時段，找家中一處舒適的角落即可開始進行。時間也不一定要固定，今天 Fu 來了，多唸幾本，明天太忙，跳過也無所謂。

最怕家長把英文親子共讀時間也當成一樣「功課」，要在固定的時間、固定的地點，正襟危坐的去完成，這樣很容易造成反效果。

Q&A

Q5：

平板、手機、電腦平台上的免費閱讀資源很多，還需要買紙本書來閱讀嗎？

A：

在國外生活的這幾年，我不知不覺也成了重度電子產品與平台的使用者。You Tube 上各種影片都有，可以學做菜、學剪（編）頭髮、學各種語言、看熱門連續劇等等。

再加上 Google 大學內的各種訊息，以及各種 APP 軟體付費與免費下載，這種快速、方便、經濟的電子模式，真的很難讓人感受實體書本存在的必要性。而每日花時間看完手機、email、facebook 上的各項訊息，應該也沒有多餘的時間閱讀實體書了。

這是現代人新的生活模式，但對小孩來說，尤其是幼兒，太早進入這樣的模式，恐怕會產生很多可怕的後遺症。近幾年，平板成為家庭最佳保母，一板在手，孩子立即不哭不鬧，這種神奇的效果似乎任何玩具書籍都比不上。

但小心，孩子會上癮，視力會惡化，網路訊息沒有分級，也常難辨真假，單純的孩童價值觀很容易被誤導。最原始、最單純的閱讀模式，也是最適合小孩的模式。

Q6：

講完故事需要再有一些延伸活動嗎？

A：

量力而為囉！有能力、有精力的爸媽們，在小孩也樂意參與的狀況下，能延長跟小孩的互動時間，何樂而不為？雖然我自己完全做不到！

身為職業婦女，家中無長輩同住，工作也常帶回家處理，每天能擠出跟孩子共讀的時間實在有限。讀完故事已經很不錯了，儘管我常有一些鬼點子，但真的沒精力再做延伸活動了。

跟我狀況一樣的家長請不用自責，親子共讀時間基本上是大人小孩放鬆的快樂時光，只要有一方狀況不是那麼好，「放假」幾天也沒什麼關係的！

Q7：

小孩已經五年級，英文程度只能看簡單的書，
中文卻已經看到小說，要如何補救？

A：

這就要在選書上下點功夫了。建議可從圖畫繪本中挑選文字簡單、主題幽默風趣、插畫風格討喜的作品，先博得小孩的好感，再一點一滴累積，慢慢接上小說的閱讀。

英文閱讀可以輸在起跑點，但只要開始並持續到終點，起跑點從哪開始就不是太重要了！

Q&A

Q8：

唸書時，小孩一直打岔或沒耐心聽完怎麼辦？

A：

即使是專業的老師在講故事，聲音表情豐富還搭配一堆道具，還是可以看到幾個小孩怎麼都坐不住，跑來跑去後，又繞回來坐下。專業的老師都不一定能全面掌控小孩，家長當然也會有這方面的困擾。

故事老師面對全場小朋友，一定要排除困難講完整個故事。但家長遇到小孩沒耐心聽完，則可以先停下來，等一下再講，或下次再講，或先換一本書講，也可以把劇情濃縮跳過，直接跳到結局，快速講完。

千萬別責備孩子，也不要放棄共讀。共讀習慣需要一段養成期，小孩隨著年紀增長與聽故事的次數增加，慢慢就會有耐心聽完故事。

小孩打岔是另一種狀況，基本上是故事某個環節或某一頁圖畫場景特別吸引他，所以想多看幾眼，或發問問題。這表示孩子充滿好奇，也對書籍產生興趣，其實是一件好事！家長不一定要唸完故事，可順勢就小孩好奇的部分，跟他聊聊天，也是很好的親子互動。

Appendix 2 / 附錄 2

親子共讀經驗分享

經營外文書店的好處之一，就是從商品、供應商以及客人身上，處處都有學習的機會。我從銷售的書籍中得到大量的知識，從世界頂尖的出版集團中學到管理、帳務與行銷策略，而從書店大小客人身上學到的東西更是寬廣多元。

我很享受在門市跟客人自然交流與分享訊息的機會。做為一位平凡的店員甲，幫客人介紹書時常能讓客人自然回饋家庭共讀的點滴，而我也會把他人經歷的過程與我自己的親身經驗相互對照。

雖然每個家庭共讀的方式不同，每個小孩也有自己的獨特性，但兩兩對照，還是不難發現一些明顯的共通特性：如小小孩喜歡重複聽故事，即使知道劇情也要再參與一次。又如大孩子最後都是用平常培養的英文閱讀能力，在新的網路時代中搜尋吸取更多有興趣的知識。

有很多家庭已經在從事英文親子共讀，而從小有英文閱讀習慣的小孩也已經長大，藉由此書的出版，邀請 2 位家中分別有 0~3 歲、4~8 歲小孩的家長，以及從小閱讀英文讀物的 2 位青少年朋友，來跟大家分享一些英文閱讀的歷程，希望能鼓勵更多家庭開始嘗試與參與。

閱讀，就像呼吸一樣自然

陳盈瑜（育有一對剛滿 3 歲的雙胞胎姊妹，老三剛出生）

我對兒童文學有無比熱切的愛，因此家中除了收藏青少年小說，就是童書繪本。在4年前剛得知自己懷孕，而且還是雙胞胎時，我居然一度恐慌，擔心自己的藏書會被 2 個小嬰兒「雙重摧殘」，讓先生又好氣、又好笑。幸好，在孩子們出生後數個月，她們開始意識到身邊有一些可以翻來轉去、充滿顏色與線條的寶寶書時，只要她們想看、想摸，甚至是想咬哪一本書，媽媽我都能心平氣和的讓孩子們去探索，與媽媽一起和書培養感情。（當然，代價就是家中有不少缺角咬痕書、口水黏黏書、上破下破書、只剩封皮書、有書變無書等新產物的出現。）

一開始跟孩子們閱讀時，純粹是想讓她們一起享受閱讀的樂趣。因此，1 歲之前都是媽媽選書唸書，或是跟孩子們玩音樂書、翻翻書，讓她們知道這是我們習慣做的事。孩子們 1 歲左右，我們母女 3 人每週都至少上圖書館一次，讓孩子們習慣圖書館的環境與閱覽規則，表現好的話還可以選喜歡的書借閱當作獎勵。大約 2 歲的時候，孩子們可以幫忙借還書，甚至使用自動借書機。因此，我們無論在台灣還是在國外，如果有走訪圖書館，孩子們會自然而然的請大人帶她們到兒童閱覽室，然後找書坐下來自行閱讀，或是請大人陪讀。

搭乘大眾交通工具或是在餐廳候餐時，我們都會帶一、兩本小紙板書、貼紙書或是幼兒雜誌，讓孩子除了觀察環境之外，也有故事或活動來度過通勤時間。要開車出遠門的話，則是在車上聽有聲書或是童謠。有小朋友生日或是親朋好友家有新生兒，我們也會一起去書店選書餽贈誌喜。

當然，除了每個月會送到家的幼兒雜誌與繪本外，我們也不定時走訪書店，請店員介紹好書，然後一起和孩子享受得到新書的喜悅。或許就是在這樣的耳濡目染之下，孩子們知道書籍是要珍惜、愛護的寶貝，而閱讀則是不分在家在外、像呼吸一樣自然而然的動作。

我們家的繪本有 7 成是英文繪本，再來是台灣原創中文繪本、中譯繪本與其他語言繪本各 1 成。一開始孩子們太小無法以言語互動時，我都以原文朗讀繪本故事。孩子們語言爆發期過後，由於她們的母語是中文，因此跟她們閱讀英語繪本時，就會需要語言上的轉換。我開始每一行都英文一次、中文翻譯一次給她們聽。在孩子們 3 歲左右，我會變成每一面大多用原文，只用中文簡單介紹關鍵字。

這個過程發生了一些很有趣的事：雖然英文是弱勢語言，但常唸的那幾本書在耳濡目染之下，孩子們可以個別用自己的敘述方式以中文講述一樣的故事，同時也記得原文甚至背誦出來某一段文字；第一次聽到的故事，則可以由圖像、關鍵字及媽媽的語氣，來揣摩出每一個跨頁的故事情節，然後敘述一次自己猜測出來的故事內容。

上述這種說故事的方式讓孩子們不是被動的接收，而是主動的從圖像、文字、媽媽的肢體與語言中找線索，因此其實閱讀也像是遊戲一般，可想而知孩子們非常享受閱讀，不但喜愛媽媽說故事，也喜歡輪流為彼此當說書人。

在她們 1 歲左右，最喜歡的當然是翻翻書與色彩鮮明、文字重複性高的書，其中最愛的當屬 Karen Katz 與 Eric Carle 的作品。2 歲左右的雙胞胎開始對她們兩人小世界以外的幼兒社交生活感興趣，因此小鼠波波（Maisy）系列、Dora 以及好奇喬治（Curious George）是她們的最愛。即將 3 歲時，她們對畫面中有許多故事線索的繪本著迷不已，Jan Brett 與 Tomie dePaola 的作品當仁不讓。除此之外，她們也開始對科普類的非故事性繪本產生興趣，英國奧斯朋出版社的 Look Inside、See Inside 系列與《國家地理》雜誌的幼兒出版品，也都是孩子們的膝上常客。

身為一對 3 歲雙胞胎的母親，我很慶幸孩子們從小與繪本是如雙胞胎般的親密，我也能在與孩子共讀的過程中，享受那流動的摯愛。

共讀，讓孩子與英文零距離

黃筱茵（育有兩男，老大 8 歲，老二剛滿 4 歲）

親子共讀是一條很長的路，英文親子共讀更是如此，需要長久的陪伴、細心的參與，和親子的緊密互動。

對年幼的孩子唸書，孩子先是聽見英文的聲音，對文字、畫面與說故事者的表情做了連結，接著他們會因為熟悉整套共讀的儀式與內容，一點一滴的習得英文的語感，掌握故事的趣味。

隨著孩子年齡漸長，家長當然需要援引不同的共讀技巧與策略。Lois 寫作的這本親子共讀英文故事的閱讀指南，為所有家長提供了面面俱到的建議與指引，有英文親子共讀經驗的家長會在書裡找到許多共鳴，準備開始共讀的家長讀了本書則會一掃縈繞腦際的各種疑惑，豁然開朗，開心踏上英文親子共讀的旅程。

我自己的孩子接觸英文繪本是從一些大家耳熟能詳的經典作品開始：小男生用可愛的小手指戳著硬紙板書裡，毛毛蟲咬過的一個接一個水果與食物洞洞，聽著《好餓的毛毛蟲》；仔細盯著圖裡的各種東西看，和小兔子一起向《晚安，月亮》中房間裡的各項物品道晚安；《野獸國》裡阿奇齜牙咧嘴的生氣模樣很能引起他們模仿。我每讀一次故事，他們就愉快的再度暢遊於故事圖文和聲音交織的情境裡。

你會發現，孩子們在閱讀時其實很喜歡「重複」，他們既喜歡一遍又一遍的重聽自己鍾愛的故事，也喜歡故事裡反覆的結構。儘管早就對接下來的情節清楚得很，他們就是喜歡參與，在你還沒唸出接下來的字句時幫你接話，雀躍的加入你講述的故事中，用全身聽、說、表演的細胞，和你一起演出一幕接一幕的英文劇場。

在英文的親子共讀過程中，讓孩子習慣、喜愛英文的聲音，能讓他們與英文的文本沒有距離。有時候孩子對英文的喜愛是與生俱來的，例如我們家弟弟從嬰兒時期就很喜歡英文的音調，我不論拿出英文的文學理論書或者圖畫書，小寶寶都能平靜愉悅的聽我唸上許久。

不過，就算孩子對英文的聲調一開始不抱那麼大的興趣，也往往可以藉由家長特意培養的情境，漸漸愛上共讀。相較於成人，孩子通常能非常靈敏的感受到故事裡出現的聲音、狀聲詞，或堆疊的音韻營造的趣味。

因此讀《打瞌睡的房子》時，聽到故事中的老奶奶身上疊著小男孩、小狗、小貓、老鼠和跳蚤，然後又一個一個通通跌下來時，孩子聽到英文一句接一句的同位語，看到畫面上一個接一個角色先是疊上去然後又垮下來的畫面，簡直就是樂不可支哩！

同樣的，在共讀《Kitten's First Full Moon》時，我們家小班的弟弟在聽到可憐的小貓一次又一次嘗試跳向月亮舔天上的一小盆牛奶，不斷失敗，又不斷繼續嘗試時，會被故事裡歌謠般的音韻吸引而張大眼睛。

Lois 是一位很了不起的英文親子共讀實踐家，不論經營英文童書店，或親身帶著一雙兒女透澈的共讀，她的經驗與見地都有諸多值得我們思考與效法的地方。跟著她親切踏實的腳步開始英文親子共讀，你的孩子也可以成為英文小怪傑與內涵豐厚的生活閱讀者，一起加油吧！

閱讀，是通往知識的鑰匙

楊沛為（目前就讀青山國中九年級，喜愛閱讀與關心國際新聞，英語與法語檢定程度分別在 B2 與 B1〔CEF 歐洲共同語言能力分級架構〕）

說起我的閱讀開始於何時，應該可以說是從不到 1 歲就開始了吧！我母親那時天天抱著我，為我唸很多小故事。從我 2、3 歲起，我們就常常流連書店，禮筑就是我們最常造訪的書店之一。當時在台灣要找到一家優良的外文書店真的不容易，母親非常希望能讓我大量接觸外文書籍，所以常常到禮筑報到的這段時光，可以說是開啟了我喜歡閱讀的大門。我們常常買書、看書、聽故事，到後來參加讀書會，母親給我的指導始終就是：泡進去讀就對了！

泡在一堆書裡一段時間，開始發現我能夠看懂的書越來越多，也越來越深。我身為 F1（Formula One，一級方程式錦標賽）的超級車迷，無論是研究賽車運動的歷史或關注賽車界的最新消息，沒有一個是不需用到英文閱讀的。

我非常喜歡也享受英文閱讀能力提升的結果；於是我又變成一個更飢渴的讀者，閱讀的動機也更強烈了。再者，我發現每次做學校或是讀書會的報告，用英文搜尋所得到的資料，十之八九都比用中文搜尋所得到的資訊來得多、來得詳細。但如果我沒有具備英文閱讀的能力，我不可能看得懂這些東西，更不用說要培養什麼國際觀了！

「Not all readers are leaders, but all leaders are readers.」前美國總統杜魯門（Harry S. Truman）的這句話，做為鼓勵想成為具有領導能力的人，我個人覺得是再貼切不過了。想要成為不管是小至學校或團體的領袖，大至公司、社會，乃至於國家的領導者，無一人是可以不經由閱讀來讓自己的規畫、方針與政策更加精準的。也因此，我深信「閱讀」是一把鑰匙，一把學習與通往更有知識力境界的鑰匙。

閱讀帶給我的另一個好處，就是在我的第二外文學習上。我因為興趣開始學習法文，並且把學習英文的經驗複製到學法文上，開始大量閱讀法文小故事書，看網路法語新聞，再到簡單的法文小說。慢慢的，我覺得法文也開始喜歡上我，讓我覺得她的距離不再是那麼遙遠（因為法文的文法好難呀！）。法國身為一級方程式賽車的家鄉，看懂法文就等於能在更短的時間內獲得賽事相關的第一手消息，對我來說無疑是莫大的鼓勵！

我也記得，有一次全家人用餐時，母親說她買了一本相對冷門但頗具深意的詩集。母親才說出作者是 Emily Dickinson，我立即得意的為母親說上一段這位作者喜歡著一身白衣的生平事蹟，聽得我母親相當驚訝，以為我這小孩這麼博學多聞！其實是因為我們在讀書會上的閱讀資料恰巧提到了這位優秀的女作家。我覺得這也是閱讀帶給我的好處：經由閱讀，我的知識廣度也更開闊了！

閱讀帶給我的益處，絕對不僅止於上述提到的「增廣見聞」和「吸收知識」而已。這 10 幾年來，經由閱讀，藉著想像，猶如我親身體會這許許多多不同故事裡的角色，我不僅認識了無數值得學習的人物，也從他們身上學到很多為人處事的方法；以及面對失敗與挫折時該有的態度。藉由閱讀，我擁有了更棒的學習途徑；藉由閱讀，許多智慧也能在我需要指引的時候給我方向。

最後要謝謝師母 Lois Hung 給我這個機會，也謝謝她在禮筑愛書惜書的精神感染了我，我真心希望有更多人可以瞭解閱讀的好，人人皆能受益！

英文閱讀，讓我的視野更寬廣

張拓野　（土生土長的台灣小孩，國小就讀台北市立市大附小，念 1 年公立國中後，因個人生涯規畫，轉學到國際學校。參加轉學考試時，校方一度以為他是從國外回來的小孩。現就讀國際部十年級）

在這個不斷國際化的世界中，英文不再只是一種語言，而漸漸成為一種生活方式。中文固然也很多人聽得懂，但英文畢竟還是國際語言；不管是為了旅行時候的方便溝通、專業項目的深入探討，甚至是打電玩的密技交流，英文都是不可或缺的。因為最後一項原因，我很感謝媽媽從小就培養我英文閱讀的習慣！

早在進入國小之前，媽媽便將英文繪本融入在我的生活中。看著 Scholastic 的動畫，邊唱邊讀著改編自英文童謠和韻文的故事書，像是《Humpty Dumpty》或是《There Was an Old Lady Who Swallowed a Fly》，以及每天不同的睡前故事，是我兒時回憶的三大樂事。

國小低年級時，當大部分的同學在學英文字母時，我開始會自己讀英文童書，甚至能用押韻字作短詩了。中年級時，我喜歡 chapter books，尤其是 The Magic School Bus 和 The Magic Tree House；這兩個系列結合廣泛領域的知識以及刺激的冒險，甚至使得我一度為 The Titanic（鐵達尼號）瘋狂著迷。這時，我還因為參加禮筑書店的兒童英文讀書會，讀了許多其他系列的 chapter books，其中我最有印象的便是 Marvin Redpost 以及 Sideways Stories from Wayside School；兩者皆是帶有一點奇幻元素的校園故事。

我對校園故事的興趣也使我接觸到 Andrew Clements（安德魯．克萊門斯）的書。Andrew Clements 很快成為我最喜歡的幾個作家之一，至今也是如此；他所寫的校園生活故事，從最經典的《Frindle》到 2012 年出版的《About Average》，我通通都看過了！

與此同時，受表哥的影響，我接觸了 Pokémon（神奇寶貝）的電動。為了成為遊戲中的 Pokémon Master，我時常抱著一本媽媽買給我當生日禮物，400 多頁的英文官方攻略。我更進一步在網路和其他玩家發表及討論破關的心得。

上高年級時，我開始讀比較長篇的英文故事，像是 Louis Sachar（路易斯．薩奇爾）的《Holes》以及 Neil Gailman（尼爾．蓋曼）的《Coraline》。同時，我也感染了當時的波西傑克森狂熱，而為了比同學早一步知道下一集的內容，我看起英文版的《Percy Jackson》。

在五、六年級時，我分別代表學校參加台北市多語文競賽的英文演說以及英語戲劇比賽，都有不錯的成績。從英文閱讀培養起的英文能力，也讓我有機會曾在 3 個場合 —— 韓國的 World Creativity Festival 開幕式、紐約的 Rockefeller Foundation Youth Innovation Awards 頒獎典禮，以及印度 Design For Change 的年會上 —— 介紹台灣以及分享自己參加 Design For Change 這個比賽的故事。這 3 個不同的場合，現場都有上百人出席，而且其中也有不少大人物，順利用英文達成任務，不但給我自己留下難忘的回憶，也完成了小小的國民外交，我感到很光榮。

現在我是一個高中生，由於就讀國際學校，英文閱讀對我是再普通不過的事情。以後想要出國念書，SAT 不考不行；大概是因為很早便開始進行英文閱讀，我在 SAT 的 Reading 和 Writing 模考分數都比大部分的同學還要高。再加上學校課堂中不時會需要辯論，以及自己因興趣參加的模擬聯合國活動，我對自己的英文論說及發表能力可以說是非常有自信！

雖然這樣的結尾可能有點老套，不過多學一種語言真的是可以增廣見聞。尤其在網路上搜尋時會發現，許多議題要用中文查詢學術性文章並不容易，甚至可能還查不到資料；但只要把同樣的問題用英文搜尋，便可以獲得相當多的收穫。畢竟英文是目前的國際語言，會有這種現象也不奇怪。

我希望自己將來能從事翻譯工作，把這些資源帶給更多需要的人。總歸來說，英文閱讀只有益處，沒有壞處；多學一種語言也是為自己，不妨挑一本符合自己興趣的書來看看吧！

Credit Page 版權聲明頁

Book 1 / Page 34
Material from Professor Parrot's Sound Beginnings copyright © 1993-2014 by Sound Beginnings. Used by permission of Sound Beginnings.

Book 3 / Page 37
Material from Lullaby Themes for Sleepy Dreams, Lullabies for Sleepy Eyes, Classic Nursery Rhymes, Children's Songs, A Collection of Childhood Favorites, Let's Go! Travel, Camp and Car Songs, and Let's Go DVD copyright © by Susie Tallman & Friends. Used by permission of Rock Me Baby Records. 本書所展示之「孩子的歌：5CD+1DVD+1 歌詞本」套組，係由台灣總代理留聲唱片公司提供。其中歌詞中譯本《孩子的歌》係由留聲唱片公司翻譯出版。

Book 4 / Page 39, 40
Material from Baby Love copyright © 2009 by Helen Oxenbury. Used by permission of Simon & Schuster, Inc.

Book 5 / Page 41, 42
Hello Baby Gift Set Created by Roger Priddy.
Copyright © 2013 St. Martin's Press, LLC.
First published by Priddy Books, a division of Macmillan Publishers Ltd.

Book 7 / Page 43
Cover Illustration © 1989 Anthony Browne
From Things I Like by Anthony Browne
Reproduced by permission of Walker Books Ltd, London SE11 5HJ
www.walker.co.uk

Book 9 / Page 46, 47
Dear Zoo Text and illustrations copyright © Rod Campbell 1982 and 2007
First published by Macmillan Children's Books, a division of Macmillan Publishers 2009

Book 10 / Page 48
Material from Where Is Baby's Belly Button? copyright © 2000 by Karen Katz. Used by permission of Simon & Schuster, Inc.

Book 11 / Page 50
Cover Illustration © 2012 JAM Media and Walker Productions
From Tilly And Friends: What's Everyone Doing?
Based on 'Tilly and Friends' by Polly Dunbar
Reproduced by permission of Walker Books Ltd, London SE11 5HJ
www.walker.co.uk

Book 12 / Page 51, 52
Material from A Is For Animals copyright © 2001 by David Pelham. Used by permission of Simon & Schuster, Inc.

Book 13 / Page 53
Excerpted from 10 Button Book
Copyright © 1999 William Accorsi. Used by permission of Workman Publishing Co., Inc., New York
All Rights Reserved

Book 14 / Page 55
Brown Bear, Brown Bear, What Do You See Slide and Find Book:
Cover and one interior spread from Brown Bear, Brown Bear, What Do You See?
text by Bill Martin Jr , art by Eric Carle. Text copyright © 1967 by Holt, Rinehart and Winston, renewed 1995 by Bill Martin Jr, copyright © 2004 by the Estate of Bill Martin Jr Rights granted by Henry Holt and Company , LLC. All rights reserved.

Book 15 / Page 57, 58
Busy Garden Copyright © Rebecca Finn 2004
First published by Campbell Books, a division of Macmillan Publishers 2004. This edition published by Campbell Books, a division of Macmillan Publishers 2014

Book 16 / Page 58, 59
Reproduced from Baby's Very First Touchy-Feely Colours Playbook by permission of Usborne Publishing, 83-85 Saffron Hill, London EC1N 8RT, UK. www.usborne.com. Copyright © 2014 Usborne Publishing Ltd

Book 17 / Page 60, 61
Cover and one interior spread from Schoolies: School House
Illustrations copyright © 2012 by Ellen Crimi-Trent.
Rights granted by Henry Holt and Company, LLC.
All rights reserved.

Book 20 / Page 66, 67
Material from Good News, Bad News copyright © 2012 by Jeff Mack. Used with permission from Chronicle Books, San Francisco. Visit www.ChronicleBooks.com.

Book 21 / Page 68
Monkey and Me Copyright © Emily Gravett 2007 First published by Macmillan Children's Books, a division of Macmillan Publishers 2007

Book 22 / Page 79, 80
Material from Book of Rhymes and Rhythms Collection. Cover art and illustrations used by permission of Scholastic Inc.

Book 23 / Page 80, 81
Cover artwork and inside illustrations from Aaaarrgghh Spider! by Lydia Monks. Text and illustrations copyright © 2004 Lydia Monks. Published by Egmont UK Ltd and used with permission

Book 24 / Page 82, 83
Material from Chicka Chicka Boom Boom copyright © 2006 by Bill Martin Jr and John Archambault. Used by permission of Simon & Schuster, Inc.

Book 25 / Page 84, 85
The Gruffalo:
Text copyright © Julia Donaldson 1999
Illustrations copyright © Axel Scheffler 1999
First published by Macmillan Children's Books, a division of Macmillan Publishers 1999

Book 26 / Page 86
Cover Illustration © 2013 Lucy Cousins
From Maisy's Funfair by Lucy Cousins
Reproduced by permission of Walker Books Ltd, London SE11 5HJ
www.walker.co.uk

Book 27/ Page 88, 89
Material from Lulu's Clothes copyright © 2009 by Camilla Reid and J Ailie Busby. Used by permission of Bloomsbury Publishing Plc.

Book 28 / Page 90
Excerpted from Arlo Needs Glasses
Copyright © 2012 by Barney Saltzberg
Used by permission of Workman Publishing Co., Inc., New York
All Rights Reserved

Book 30 / Page 92, 93
Excerpted from My Mommy's Tote
Copyright © 2013 by Paul Hanson.
Used by permission of Workman Publishing Co., Inc., New York
All Rights Reserved

Book 31 / Page 95, 96
Artwork © Nick Sharratt
Published by arrangement with Random House Children's Publishers UK, a division of The Random House Group Limited.

Book 33 / Page 99
Cover Illustration © 2003 Peter H. Reynolds
From The Dot by Peter H. Reynolds
Reproduced by permission of Walker Books Ltd, London SE11 5HJ
www.walker.co.uk

Book 34 / Page 101
Cover Illustration © 2007 Mo Willems
From There Is A Bird On Your Head! By Mo Willems
Reproduced by permission of Walker Books Ltd, London SE11 5HJ
www.walker.co.uk

Book 35 / Page 103
Cover Illustration © 2013 David Lucas
From Grendel: A Cautionary Tale About Chocolate by David Lucas
Reproduced by permission of Walker Books Ltd, London SE11 5HJ
www.walker.co.uk

Book 38 / Page 108
Material from Olivia Trains Her Cat copyright © 2009 by Sarah Albee. Used by permission of Simon & Schuster, Inc.

Book 41 / Page 118~120
Material from Big Bad Bun copyright © 2009 by Jeanne Willis and Tony Ross. Used by permission of Andersen Press Ltd. All rights reserved.

Book 42 / Page 120~122
Little Mouse's Big Book of Fears Copyright © Emily Gravett 2007
First published by Macmillan Children's Books, a division of Macmillan Publishers 2007

Book 43 / Page 123, 124
From Madlenka © 2000 by Peter Sis. Reprinted by permission of Farrar Straus and Giroux. All rights reserved.

Book 44 / Page 125, 126
Where Willy Went···
Artwork © Nicholas Allan
Published by arrangement with Random House Children's Publishers UK, a division of The Random House Group Limited.

Book 45 / Page 127
Material from Clara And the Bookwagon copyright © 1998 by Nancy Smiler Levinson. Used by permission of Harper Collins Publishers.

Book 47 / Page 131
Cover Illustration © 2005 Peter H. Reynolds
From Stink: The Incredible Shrinking Kid by Megan McDonald, Illustrated by Peter H. Reynolds
Reproduced by permission of Walker Books Ltd, London SE11 5HJ
www.walker.co.uk

Book 50 / Page 136
Material from School Story copyright © 2002 by Andrew Clements and Brian Selznick. Used by permission of Simon & Schuster, Inc.

Book 51 / Page 137
Material from the Mixed-Up Files of Mrs. Basil E. Frankweiler copyright © 2007 by E. L. Konigsburg. Used by permission of Simon & Schuster, Inc.

Book 52 / Page 139
Material from The Hunger Games copyright © 2010 by Suzanne Collins. Used by permission of Scholastic Inc.

Book 53 / Page 142
Material from My Hands copyright © 1962 by Aliki Brandenberg. Used by permission of Harper Collins Publishers.

Book 54 / Page 143, 144
Kingfisher Readers Copyright © Macmillan Publishers Ltd 2012
First published by Kingfisher, a division of Macmillan Publishers 2012

Book 55 / Page 145
Material from A Fair Bear Share copyright © 1998 by Stuart Murphy and John Speirs. Used by permission of Harper Collins Publishers.

Book 56 / Page 149
Material from Three Little Pigs copyright © 2007 by Richard Johnson. Used by permission of Child's Play Ltd.

Book 57 / Page 151
Material from The Three Little Wolves and the Big Bad Pig copyright © 1997 by Eugene Trivizas. Used by permission of Simon & Schuster, Inc.

Book 58 / Page 152, 153
Material from Goldilocks Returns copyright © 2003 by Lisa Campbell Ernst. Used by permission of Simon & Schuster, Inc.

Book 59 / Page 154, 155
Cinderella's Not So Ugly Sisters:
Text copyright © Gillian Shields 2014
Illustrations copyright © Bérengère Delaporte 2014
First published by Macmillan Children's Books, a division of Macmillan Publishers 2014

Book 60 / Page 156, 157
Counting Colours Copyright © 2004 St. Martin's Press, LLC.
First published by Priddy Books, a division of Macmillan Publishers Ltd.

Book 62 / Page 159, 160
Material from Blue 2 copyright © 2006 by David A. Carter. Used by permission of Simon & Schuster, Inc.

Book 63 / Page 161
Cover Illustration © 1987-2014 Martin Handford
From Where's Wally? By Martin Handford
Reproduced by permission of Walker Books Ltd, London SE11 5HJ
www.walker.co.uk

Book 64 / Page 163,164
Material from I Scream, Ice Cream! © 2013 by Amy Krouse Rosenthal and Serge Bloch. Used with permission from Chronicle Books, San Francisco. Visit www.ChronicleBooks.com.

Book 66 / Page 166, 167
Material from The King Who Rained copyright © 1988 by Fred Gwynne. Used by permission of Simon & Schuster, Inc.

Book 67 / Page 168
Material from Amelia Bedelia copyright © 1963 by Margaret Parish. Used by permission of Harper Collins Publishers.

國家圖書館出版品預行編目（CIP）資料

快樂讀出英語力：用英文兒童讀物開啟孩子的知識大門 / 洪瑞霞著 . -- 初版 . -- 臺北市：商周出版：家庭傳媒城邦分公司發行 , 2014.12
面； 公分 . --（全腦學習；21）

ISBN 978-986-272-681-5(平裝)

1. 英語 2. 讀本

805.18

103020441

全腦學習 21

快樂讀出英語力：用英文兒童讀物開啟孩子的知識大門

作　　者 / 洪瑞霞（Lois Hung）
企劃選書 / 黃靖卉
責任編輯 / 羅珮芳

版　　權 / 林心紅、翁靜如
行銷業務 / 張媖茜、黃崇華
總 編 輯 / 黃靖卉
總 經 理 / 彭之琬
發 行 人 / 何飛鵬
法律顧問 / 台英國際商務法律事務所羅明通律師
出　　版 / 商周出版
台北市 104 民生東路二段 141 號 9 樓
電話：(02) 25007008 傳真：(02)25007759
E-mail：bwp.service@cite.com.tw
發　　行 / 英屬蓋曼群島商家庭傳媒股份有限公司城邦分公司
台北市中山區民生東路二段 141 號 2 樓
書虫客服服務專線：02-25007718；25007719
服務時間：週一至週五上午 09:30-12:00；下午 13:30-17:00
24 小時傳真專線：02-25001990；25001991
劃撥帳號：19863813；戶名：書虫股份有限公司
讀者服務信箱：service@readingclub.com.tw
城邦讀書花園 www.cite.com.tw
香港發行所 / 城邦（香港）出版集團
香港灣仔駱克道 193 號東超商業中心 1F E-mail : hkcite@biznetvigator.com
電話：(852) 25086231 傳真：(852) 25789337
馬新發行所 / 城邦（馬新）出版集團【Cite (M) Sdn Bhd】
41, Jalan Radin Anum, Bandar Baru Sri Petaling,
57000 Kuala Lumpur, Malaysia.
電話：(603) 90578822 傳真：(603) 90576622
Email: cite@cite.com.my

美術設計 / 季曉彤 Shana Chi
印　　刷 / 中原造像股份有限公司
總 經 銷 / 高見文化行銷股份有限公司
地址：新北市樹林區佳園路二段 70-1 號
電話：(02)2668-9005 傳真：(02)2668-9790 客服專線：0800-055-365

■ 2014 年 12 月 30 日初版
■ 2015 年 01 月 15 日初版 4 刷
定價 350 元

Printed in Taiwan

城邦讀書花園
www.cite.com.tw

 ISBN 978-986-272-681-5

商周出版

廣　告　回　函
北區郵政管理登記號
臺北字第000791號
郵資已付，免貼郵票

104　台北市民生東路二段141號2樓

英屬蓋曼群島商家庭傳媒股份有限公司城邦分公司　收

請沿虛線對摺，謝謝！

商周出版

書號：BU1021　書名：快樂讀出英語力：用英文兒童讀物開啟孩子的知識大門　編號：

請於此處用膠水黏貼

商周出版

讀者回函卡

謝謝你購買我們出版的書籍！請費心填寫此回函卡，我們將不定期上城邦集團新的出版訊息。

姓名：____________________

性別：☐ 男　☐ 女

生日：西元 ______________ 年 ______________ 月 ______________ 日

地址：

聯絡電話：____________________　傳真：____________________

E-mail：____

職業：☐ 1. 學生　☐ 2. 軍公教　☐ 3. 服務　☐ 4. 金融　☐ 5. 製造

☐ 6. 資訊　☐ 7. 傳播　☐ 8. 自由業　☐ 9. 農漁牧　☐ 10. 家管

☐ 11. 退休　☐ 12. 其他 ______________

您從何種方式得知本書消息？

☐ 1. 書店　☐ 2. 網路　☐ 3. 報紙　☐ 4. 雜誌　☐ 5. 廣播☐ 6. 電視

☐ 7. 親友推薦　☐ 8. 其他 ______________

您通常以何種方式購書？

☐ 1. 書店　☐ 2. 網路　☐ 3. 傳真訂購　☐ 4. 郵政劃撥　☐ 5. 其他__________

您喜歡閱讀哪些類別的書籍？

☐ 1. 財經商業　☐ 2. 自然科學　☐ 3. 歷史　☐ 4. 法律　☐ 5. 文學

☐ 6. 休閒旅遊　☐ 7. 小説　☐ 8. 人物傳記　☐ 9. 生活、勵志

☐ 10. 其他 ______________

對我們的建議：____

____

____

____

請於此處用膠水黏貼